精神之恋

陈鸣鸣 著

江苏凤凰文艺出版社
JIANGSU PHOENIX LITERATURE AND ART PUBLISHING, LTD

图书在版编目（CIP）数据

精神之恋 / 陈鸣鸣著. — 南京：江苏凤凰文艺出版社，2020.3（2022.1 重印）
ISBN 978-7-5594-4337-3

Ⅰ. ①精… Ⅱ. ①陈… Ⅲ. ①诗集—中国—当代 Ⅳ. ①I227

中国版本图书馆 CIP 数据核字（2019）第 300198 号

精神之恋

陈鸣鸣　著

责任编辑　白　涵　刘洲原
责任印制　刘　巍
出版发行　江苏凤凰文艺出版社
　　　　　南京市中央路 165 号，邮编：210009
网　　址　http://www.jswenyi.com
印　　刷　阳谷毕升印务有限公司
开　　本　880 毫米×1230 毫米　1/32
印　　张　9.125
字　　数　200 千字
版　　次　2020 年 3 月第 1 版　2022 年 1 月第 2 次印刷
书　　号　ISBN 978-7-5594-4337-3
定　　价　58.00 元

有爱的南京

（代序）

陈呜呜

我知道　这是我们俩的南京
这是我爱你的南京
这是我爱你生生死死的南京
这是我永远思念你的南京
这是你永远和我相守的南京
这是你我要把南京变成一个故事
变成一个我们的故事

我们在镁光灯下拍摄太多的镜头
用一帧帧胶片说话
不能回放
回放会惊动路边的梧桐
会催醒鸡鸣寺的樱花
会让中山陵的梅花唱歌
会让无梁殿的勇士起死回生
勇往直前　保护有爱的南京

我们在南京城里　无有雷同
我们深爱着这座城市
它雄浑　大气　厚道　沉着
它极致无贰
它把爱深藏
夏天的时候　浓荫覆盖
冬天的时候　漫天飞雪
它把爱垒出一道道城门
它把爱踏成一串串脚印

我喜欢你的沉默
就像这座城市深藏不露

我用我一生来解读你
解读你的每一道手势
每一声欲言又止的热烈
你的每一声叹息
每一次欣喜
每一次怒放
热爱你手持正义　肩挑道义

在南京这座城市里相爱　踏实
诚实得像这座城市从来不会说谎
我们在南京这座城市里
执著着人民的爱
朴实　真诚　忠贞　信任
我们让历史说话
让现实不再悲伤
让秦淮河彻夜无眠
让石头城安静峭立
让我们像夫子庙赶考的考生
考一道人人都要答的爱的考题

有爱就没有艰辛
即使信仰是几代人的追求
我们隐逝在历史中
就像这座城市从来以历史取胜
我们没有风花雪月
我们的浪漫　是和这座城市同等的风格
守望　创造　激励　深沉
我们在这座城市守望
守望一天天默默流逝的春天　秋天
我们会沉睡很久
但我们现在醒着　爱着
仿佛我们永远不会和南京告别

(2018-01-30)

目 录

梅蕊争雪

世纪瑶琴

行走青春

鲲鹏直上

破茧化蝶

达观致远

世道的箭

我知道你的爱

我不愿意你为我悲伤
我有爱我的亲人和你
唯一不爱我的
是我自己

我如林中漫飞的鸟儿
只听到自己清悠的翠鸣
我忘了猎人的枪
我在他的视线

我忘了爱自己
你伴我的日日夜夜
羽翼才渐丰
我忘了我被击落你的忧伤

我去深山老林
筑最美的巢
把自己变成猎人
猎自己的幸福

（2016－12－21）

致宿敌

我必须以行者的形象
站立在你的灵魂深处
我哭泣的时候
我的家人
把我抱成了海

不是所有的弱者
都品味你的鳄鱼梦
我以行者的身份
向你宣告
你比我弱
因为
你不知道我的灵魂

我是一片瓦上的雨水
我是一缕烟中的焚稿
我是一道壮志的扬蹄
我是江南遗忘你的风景

我垂钓的时候
请你不要上钩
我钓的是世界
百年后　你土崩瓦解
你所谓的清醒
敌不过
马克思留下的
《资本论》

（2016－12－26）

心的别墅

我拉着你的手放进你的衣兜
你从跷跷板的高处跌落到低处
我忘记了你的恩爱
你的梦里夜夜有我

我看着天空把你当作露水
太阳一出来
你在你的高空
我成了田埂边路人一蓬流泪的青草

没有月亮的晚上
星星是我的眼睛你的口袋
我们回到生死相依野天鹅交颈承爱
越走越远的路吹着越靠越近的心

我安排你八面临阵无处脱逃
相爱而分离四方的遥言判断
我们一辈子追求像对方的人
其实各自给彼此留下了心里的绝佳别墅

(2017 - 01 - 02)

故宫

白云悠悠的情景你怀抱我香樟树下
闪亮的眼睛谁都是相爱的王者
赶考途中的秀才得悉故宫也有真爱
官至一品的追求体察王者的七情六欲

身不由己生不如死太监为临爱更衣沐浴
逢场也不会作戏才子佳人的鸳鸯梦
城墙边鎏金铜缸里的水浇灭了爱情
传宗接代和权力更迭永恒却被毁灭的主题

五谷丰登风调雨顺登基天下大业
王者若为爱朝夕不眠必是朝代倾覆
我们心中有自己的爱江山是嫁奁
平静的百姓不做故宫的雀鸟啄食碧绿的松针

张开手臂拥抱清风朗日河海是心中的清流
留在这里一天一辈子八十年记得三百年的历史
从今天起我们就是威严的琉璃瓦红色城墙
一生一世的爱稳如一个王朝建筑的传世流传

（2017-01-06）

分离

傍晚的光暗下来
我和你又分离了一天
桌上未完成的画
我不知道染哪种色彩

昨天说好
今天见面
今天说好
明天见面

哈姆雷特
静等父王的到来
我们不要真相
我们没有冤屈

你陪伴我的时候
在我心里
你离开我的时候
我视若相依

(2017-01-24)

穿越戈壁

风像一片雪盖在了你的脸上
为什么你的皱纹深处
长出了我的一缕青丝
因为我爱你
你和我一样年轻智慧

我跋山涉水来拥抱你
想起你爱我的誓言
想起你寄给我的一箱酒
想起你把我当酒饮了
我却留着你的心

我会和你长久在一起
给你意想不到的惊喜
你从塞外奔赴江南
直到今天我告诉你
和你策马奔腾是我的梦

春天的第一缕风
吹拂边疆的沃雪
我还你三十年前的初吻
那份爱
如火车穿越戈壁的激情

（2017－01－25）

我和你

内心完美地坚守一块绿地
白墙　黑瓦　紫色的大门
不遗忘你微微翘起的唇角
你轻轻抚摩我整齐的刘海

无数个星夜你没有离去
你四海奔腾喜欢我的宁静
留下来或者走
你坚信我是畦前金黄的油菜

没有你我步履维艰
天意让我想你的时候努力
我是你丰收的愿景
你是我成功的水墨

磨砺我们的分离
跨出一步分离一尺
背转身山海潮起
相拥　梦寐的归宿

(2017－02－17)

成功

笑着遗忘　笑着记起
生活再艰难　也不能忘了理想
昂起头走路的人　腰间有伤
挺直了背　胜过十万里长途跋涉

胜利的人　超过常人的艰辛
装扮成花束一样　见不到泪
不要把悲伤当成故事
成与败　人们膜拜登峰的人

生命相通的人　互相抚慰
深夜　方案　宏略　疲惫消失
取暖的人　对方的声音是抚慰
孤独　强者寻找心灵的安放

见过你开怀的大笑
相信你不会陨落
尊贵的容颜　苦难是垫底的巨石
同盟者　左臂右膀

(2017-02-17)

闺密

喜欢听你的声音　喜欢知道你在做什么
我时常打一把小伞漫步　阳光下或者雨中
你总像风吹起我的衣襟　我不禁峨冠博带
你说一碗美龄粥就够了　我因此强健

你喜欢我是因为我清心寡欲　率真坦诚
和小时候一模一样　你维护我
幸福只是十米阳光　半里清雨
你能带我走　而我什么也不带

我不强求人　你说不能让世界的半亩怪戾强求我
我们为共和国做了贡献　国家赋予我们神圣
我们曾擦亮枪　今天也是无处不在的尊严
诗词歌赋　你可知谁的舞蹈最好

我喜欢你迎风的笑容和塞给我的苹果
我们老得哪里也去不了了还有互斟的半盏清茶
那一天遥遥无期因为玲珑的你依旧青春
我恪守着才貌双全为了你笑得心花怒放

(2017 - 03 - 16)

春天的朋友（一）

十万亩桃花喑哑的马鬃
奔向你心驰神往的地方
你若安好　人间是最好的天堂
眼泪　晨起霞光中的露珠

握手　像拉紧了白马的缰绳
飞到你任何和梨花合影的溪甸
幸福　不由自主地来了
若不拒绝　快乐和充实合影

心情　晴一阵　雨一场
弹奏了半世的情曲
绵延在春兰垂送的花瓣
风儿吹起的笛箫知音的旋律

若离开是为了和你相会
一盏茶一幅字佳音绕梁
你的目光掠过我的发际
献上心　沸腾了春天的海

（2017－03－27）

井

愁结百肠　泪水像漫天飞舞的樱花
你是美的　我拎着水桶在井阶上打水
照见你的影子　井水变甜了
井是海的眼睛　樱花的心脏

成为一个最好的人是痛苦的
承受痛苦的时候想起你的等待
泪水是咸的总流不过海蓄不满井
甜蜜是今夜的沉睡明天的曙光

我没有你的问候像樱花哀叹花期
夺目是心理的力量自我成长灌溉
没有雨的季节井水是百科全书
樱花开放的美艳清井流来的血

抱团相互有机万物在世的合理
为什么不能笑着装扮饰容
不给泪水空间奋斗也可以乐着
目标正前方淹没一切障碍

（2017 - 03 - 31）

谦逊

保持谦逊　学习是一生的要务
冲在第一的　绝佳完美主义者
从来不会放弃　每天的目标
收获　清晨的计划　夜晚的实现

再远的路　也能抵达
为了快　使自己变成奔驰的马
别人在赏三月的小雨
为了成功　搭万里长棚

棚中万物赏青
雨在棚外　艳在棚中
别人的慢　你却四季是春的快
绝不允许自己落下　世界第一的秘籍

壮志是心灵舒畅的羽翼
会成功的　有了无数个起早摸黑的理由
再多的保养　不如灵魂的坚毅
从微不足道直至登峰造极

（2017－04－05）

青年朋友

在一幅铁画前伫足良久
你的美被细如钢丝的线条张扬
你离开我二十年了
你从桀骜不驯变成温婉有致

我送马蹄声敲你的心
细雨霏霏你听到檐前的雨
我拢起你的长发
给你的发梢描上五彩

原谅我为了成就自己分道扬镳
你一直想超越我留下冷峻背影
没有感情地走了一生
我们桃园结义却棒打离异

再不寻找和你相同的人
你独一无二我顶天立地
留下的时间是忘记你的名字
把你看作继往开来我的前行

铁画留下的艺术杰作
在穿针引线中刚毅崛起
风吹到江湖上扬鞭的你
我拥抱蓝天我就是太阳

（2017－04－09）

恶之花

无声地哭泣惊愕你离去的目光
时光荏苒花季总将逝去
你热爱不老的传奇我的青春
我夜夜吟唱你的歌谣早忘怀了你

我们在江湖上谋面佯装不识
我丢弃了很多记忆
你只记得我的高贵
我发誓我只爱你我扭过头去

不堪承受的生命之重
我们都会离开地球
你亲吻我的时候不顾所有前景
你离开我的时候忘记了所有的不顾

不要听别人谱写的情曲
我以友谊之名拉住你的手
你眼角溢出的泪有血的痕迹
我是你夜夜思念的痛你必将老去

从来没有忘记过你的名字
时时吟诵被风儿耻笑
你坚强的外壳下一定有我的心声
我们相隔甚远引为憾事

不是所有心爱的人
一定要在一起的
但心爱的人迫不得已分离
心脏上涌出的血一定颤抖

我爱你和你爱我
是不一样的
只有我们彼此延续爱
此生才会了无泪的心憾

（2017－04－11）

清明

不再寄托哀思　哀思像漫天飘过的一场雪
喜怒哀乐　人生无常　平安是福
酒洒下　祭奠自己的收获得失
哭　年轻时的悲怆　年老时的玩具

一步一个脚印　油菜花自古以来金黄
我也要走的　我到地下陪你的时候你踏实
我不虚度年华　我交一张成功的答卷
这样的纸钱　覆盖我们的英名

长大后我就成了你　我稳健地走你未行的路
你把我降临到绿洲　我要在拔天而起的高楼上
写下你的壮志铭　生命在傲骄地延续
一味地哭倒在坟头　头上的白绫是耻辱

千家万户的纽带是一样的　都有生死别离
我早就不会哭了　如果哭不让你离开
我水淹三军　而我率领我的队伍
按住左边心脏的疼痛　直到没有痛感没有心

行走是不会消失的武器
我能走多远是我每天的日记
想起你的拥抱阴阳相隔
禁不住又抚摸你墓前的青草

我把泪眼婆娑当作献给你的鲜花
感谢你把我降临到人世学会人生搏击
我们俩的相片并排时晴空万里无云
我用我一世的脚步回馈你绵绵的恩典

（2017-04-02）

清新

孤独的泪水
凝炼成清晨的露珠
太阳一折射
幻成彩虹
我从背后抱住你
抱住一株树
一枝木棉

清新的喜悦
弹奏成暗哑的吉他
飘逸的长发
收敛了皱纹
悲伤是一首歌
唱亮了嗓门
爱
无处不在

开着吉普
寻找你的踪影
你滴下七彩佛水
在任何一个国度
我们在二维空间
一维是你
一维是我

(2017－05－09)

宇宙

一样的树叶　一样的风
一样的青草　一样的太阳
为什么不能在黑暗里歌唱
哥特式的教堂洁白的纱裙

读一本曼妙的书
和一位思想家交流
都是精神的盛宴
寻找暗物质也是追求

独立　人类的人格本质
拉住一个人的手
和援助一个人
同样幸福

心中只有月亮
孤寂的心照不到星辰
你把灵魂安放在右侧
我的心一定还在左边

(2017-05-12)

世道的箭

生活像一张拉满的弓
不得不发
每一次我颓唐的时候
我就是那弦上的箭

飞往目标的箭镞
犹如草船借箭
我只愿寻到我的靶心
旗开得胜

很多人有执着的愿望
疏于实施
一个人的高贵在于
人前比居家更加精致

换下睡衣的我
旗袍着身
我拢了拢秀发
飞出的箭和香水一样美

(2017－05－31)

自由

白天揉碎成一把银子
银子现在不值钱　装饰着
躯体
一只青蛙浮出水面
它的灵魂来自第六世界
和金钱没有任何关系
它不需要放生
脚趾不戴上银戒
也没有一只银戒
烙上它的名字

自由和勇气联在一起
一只天鹅引颈高歌
来自第六感的灵魂
懂人类的语言
五花八门的语言
就像金钱的通兑方式
总能找到筹码

一个文人书写情人篇章
被后人复原的形象
与真实相距甚远
一个画家笔下的偶像
追溯一代审美潮流
环肥燕瘦
一只青蛙或一羽天鹅
银子堆成珠穆朗玛
它们找到
比金子更自由的世界

（2017 - 06 - 13）

相知

非常平静地对待相知
到达过最高峰
也跌进深渊
不打扰是一种礼貌
挂念　见面时由衷地相拥

生活的常态
不是你遇见了谁
是谁遇见了你
爱上了你
有比爱更重要的内涵

假如生活抛弃了你
不在浓荫长廊下哭泣
神明赋予你更重要的使命
责任　担当　自强　自立
风靡一时的座右铭

相知　一种沉默
有时候是一滴眼泪
那是喜极而泣
相伴的默契
危急或幸福　总相暖

(2017 - 07 - 07)

致勤奋的人

人的一生看似很长
有的人的　还特别的短
但总想留下点什么
这其实是一种成熟的想法

刻意的沽名钓誉
来的时候　握紧拳头
走的时候　两手空空
还不如　雁过留痕

人的一生　像一本乐谱
跳击在琴键上　挥洒在琴弦上
动人的一刻　余音绕梁
该逝去多少成就的汗水

没有人责备你默默无名
摇篮里的啼哭　生命方始
走出摇篮　生命方圆
天地从来不多一个人　或少一个人

挺直脊梁
做有益于人类的事
一旦离去
亲人的泪　也会化倾盆大雨

来世间一趟
识几个字
更应懂做人的道理
求最好　任何领域至臻的旋律

或长或短的一生
不会像流星划过天宇
你的轨迹　像一棵树
绿叶苍翠　生根发芽

（2017－08－07）

承诺

承诺我爱你
风吹拂了杨柳
普天之下
关爱　是一个人的品格

承诺我不要回报
船远行江中
汽笛鸣过的清晨
缆绳　收起为云中的旭日

承诺我不会背叛
你若以离弦之箭驶来
势均力敌的智慧
为你的前程荡涤障碍

承诺我不会纠缠
给自己的心一方清世
在和平中清醒
创造新生的价值

承诺我不会离去
你的需要不是我的拥抱
为你倒上远征的酒
并驾齐驱灵魂的亲吻

(2017 - 08 - 11)

引颈高歌

规律

眼泪像飞舞在空中的精灵
一只仙鹤会哭吗　夜以继日
知道目的地在茂密的森林里
付出是为了回报另一只仙鹤的幸福
哪怕拼搏　决一死战　永不回头

欣赏一条鱼上钩的过程
会放生　会送给最爱我的亲人
会想念较劲和耐心
会得意智慧像沉到塘里的鱼钩
会相信舍我其谁　尽管我不怕考试

早晨一只猫从我的脚边踟蹰
它相信一朵野花的艳丽和我的眼神
我相信一个国家的实力和在国际社会的斗智斗勇
让临近一个不怀好意的疆土分崩离析
到处都有我们的人　我们深爱祖国

每天都和阳光接吻　然后静待月亮
芸芸众生中的孑孓一蚁
出发和回家都有蜿蜒的路线
找到了规律两百年后接近外星人
那里也有仙鹤　垂钓的鱼池和猫

（2017－08－26）

骄傲的祖国

世界变了　变成熟悉的模样
在国度里骄傲
打上了五千年文明的标签
在水里泡了两百年
如今　被阳光晒干了
华人的脸上
续上了先祖的自信

都是幸福的人
能聆听到祖国发出最强音
百姓们安宁地经营生活
科学发展　韬光养晦
雄起是祖国的血肉
四海之内　皆为王土
人民是王

永不霸凌
祖国的土地没有一寸是多余的
我们也不欺霸祖国以外的尘土
多少先辈哀叹的贫穷积弱
正远离我们而去
是不是无论在乡村林荫小道
还是在城市的高楼大厦
想到祖国的强大
梦里都会露出笑颜

冠宇全球
力争拿下世界第一的奖牌
失而复得
区区两百年

在宇宙和人类文明史上
都是弹指一挥间
但我们等得太久太久

中华的文化弥久天长
想起西方像一场黑色幽默
今天我们都懂了
师夷长技而制夷
中华的精神吸纳日月精华
永远谦虚　永远自省
永远包容　永远自强

我们是雄狮　是巨龙
醒了　醒着
长啸　奔跑　飞腾

（2017 - 09 - 05）

高尚

沧海一声笑　一种被耻笑的声音
仙风道骨　我不会离开地球
依然排山倒海　把浪涛化作
洗刷耻辱的腾云驾雾
必须留下来　似乎从洪荒走来
贫瘠的精神　只长着一株
沙漠玫瑰

被追杀是一种幸运
只要能逃脱弹片　逃脱子弹
在胸膛里开花
率领的千军万马　一定
把红旗插遍
一面面红旗飘扬了几十年
现在的红色　是精神超越愚昧

不能被眼前的既得利益
遮挡了明眸
我不是渺小的　我能看见一切
巍峨的青山都会见顶
你可曾量过太阳的高度
即使被晒得汗流浃背
依然向往每天清晨的温暖

没有人走一条前无古人
后无来者的路
树起的丰碑都会被风化
只有跟随着高尚者
成为一名高尚者

灵魂才会高尚得
经历风雨后　参天

(2017-09-14)

真理

拥有美好的东西是不易的
比如真理　比如爱情　比如自由
当然我更热爱思想
思想能穿越五千年华夏文明
寻找到真理　寻找到自由
寻找到为真理和自由奉献的爱情

如果通读世界的文学经典
从年轻时的一目十行
到现在的阖卷冥想
我们的文字似乎给出了所有的答案
只不过我们需要一位
手牵手的朋友

走自己的路　让别人说去吧
这是但丁说的话
但我今天通读了神曲
更喜欢鲁迅的　世上本没有路
走的人多了
也就成了路

颠扑不破的美好
值得赋予灵魂的追求
海上的白鸥为何如此清灵
因为它和大海是一样的视野
胸怀是每一步脚踏实地的真知灼见
中国　绝不会独怆然而涕下

(2017－09－18)

母与子

地铁电梯口拐弯而进的背影
眼泪夺眶而出
一位文人写的
你的长大　看着你渐行渐远
想着包裹检测口
印在你左侧脸颊上的吻
不知道哪里
是你终点的归程

我背着你
你忘了　你小时候我们的同程
当你身形矫捷
你以为我一直在背你
我是爱你
我们携手相牵　我很想把你留在屋檐下
看你筑巢

心在一起
我每一寸的生活
都有你照来的光线
读书趁年轻
这是我要你走和你要走的起航
指路的方向针
是我桌前摊开的一本厚著
和认真给你写下的信牍
每一次从微信给我的留言
愈加自信　成熟
你长空搏击
扇动不怯电雷霹雳的隐形翅膀

(2017 - 10 - 08)

精神家园

站在这里　故土
故乡的故事
儿时的回忆
想念故乡
就是想念自己的童年

所有的漂泊
都是谎言
流浪　是居无处所
家园　哪怕是精神的
我的伟岸　不需要奚落

对卑劣者善良
是愚蠢
爱和反击一样
光明磊落地来
掷地有声地去

当写书不再意识流
每一个字如黄金
故乡给你的桅杆
像远征的骑士
绅士般带回连绵的沃土

（2017－10－13）

友谊

乌云一会儿就散去了
因为黄昏跑得太快
夜晚来临了
我是你等的那个人

你在我心里是常胜的
因为你总让我不知不觉
胜利
因为拥有你

我们把儿时的话
翻出来回忆
成年了　讲的还是这几句话
这就是友谊

有些人不相信
以为像钱一样的苦
可有人却说
我从来不知道钱的坏

（2017－10－15）

温柔

她悄悄地跑过来对我说
我把你爱的人牵回来了
不过你要温柔点
何止是温柔
我不仅是蓝天飘拂的白云
连绵的棉花　和冬天御寒的棉衣
我还是那个为你少吃一点的人
你问我吃得多不多
我说管饭就行　还可以少吃一点

吃饭的故事是三毛和荷西
而我像今天经过的连绵菜蔬
麻麻绿色等待一个收获的人
为你康健　为你明媚　为你共煮佳肴
我把日子过得朴实
你上菜场　生活即是天堂

我们回心转意
亲人们当机立断拧紧红绳
我们谁都舍不得松手
怕一个跌入池中　一个背靠尘土的狼狈
我愿做身轻如燕的精灵
把绳子的一头拴在一棵叫月老的树上
而我身怀绝技缘绳驰往
同心归一　拉住拴月老的红绳
均温柔　均就被月老收入了掌心

(2017－10－17)

醉了

有人说　碰到爱的人
会变成结巴
我就是那个人
回到家乡
我说不出话来
回到祖国
我才觉得　回到了家

我看不得你的
一个手势　一个眼神
甚至手机微信上
你隐藏容颜的
一个头像
你轻轻的一个点赞
我波浪起伏
我想你了
排山倒海
想起一切理想的虚无

我要找到一种置换
轻轻举杯的时候
你摇碎在一种叫酒的
镜子里
没有一种成功
可以模仿
没有一种爱
可以替代

我云游四方
无论在哪个国度

有人唤我美女
都和我无关
都和你有结
倘若我曾经美过
那是美好岁月里
你和我青春的激昂

（2017－10－20）

真挚情感

一切都归复于风平浪静
我要见到明天的你了
你的齐耳短发和动不动
就绯红的脸
深爱了会陷于无语
恋情如此　友情亦是如此

你一定会回来
因为你已经回来
我听到你踮起脚尖走路的声音
为了不惊醒我在梦中
和海相会
而你就是我的声音
我的海

今天　我听到你的名字
“我的心痛了一下
不过是烟蒂燃着了我的食指”
每一份动人的情感
都像妈妈喊你回家吃饭
一样温暖
每一份动人的回忆
都像神经末梢的
刻骨铭心

重要的不是你今天想什么
重要的是今天你做什么
我相信一切的回归
都在于起步
我相信一切的夺眶而出

都在于爱的绵亘
我相信一切的真挚情感
都在于灵魂的震撼

（2017－10－21）

没有一位诗人再会死去

没有一位诗人再会死去
包括你　包括我　包括他
还有我深爱的她
你希望钉铛佩耳　长发披肩
到达你出现的现场
我们把祖国当作天堂的福音
长江中横跨的水坝
发往太空的几十枚卫星
脸膛红裕的人民
腰杆挺直的航母

从今天起　叫我诗人
所有的悲愤穿过胸膛
我还年轻
我看到了一个时代的终结
一个时代的觉醒
祖国啊
我不再为你死去
我是风雪哨所连绵的士兵
我是伏案演绎的人工智能
我是穿过危土的隧道
我是不容置疑的人脸识别
我是起伏的粮食
我是巡航的万里波涛

从今天起　不会再有一位诗人死去
不管在鼓浪屿还是在任何的十五个国度
回答已经有了响彻天空的鹰的翱翔
今天　我是草
那是开放玫瑰的植物

今天　我是树
那是雪中高洁的松
今天我是一场风暴
把世界荡涤得像天空一样干净
今天我是死后复生的语言
没有一位诗人再为祖国
流泪　死去

（2017－10－22）

伟大

人生既是回望的春夏秋冬
也是展望的春夏秋冬
我们骨子里孕育伟大这个词
即使伟大　也会离开这个世界
一定要在滚滚红尘中
驶上一段豪迈的征程
那么　来吧
我们和时代共同伟大

伟大是一颗战无不胜的心
伟大使人们的头脑燃起风暴
伟大让战火趋于和平
伟大让思想济世悬壶
伟大让无家可归的孤儿得以庇护
伟大让老人安享颐年
伟大让人类实现价值

如果足够强大　就可以制定规则
那么　来吧
我们更期望时代的伟大
既可以飞出地球　也可以返回地球
这是真正的自由引力
我们在伟大中警醒
艳阳天要付出终极的努力
不要把遗憾留给子孙后代
每一代的人类　在未羽化之前
生之为人　当为人类留下
流芳百世的行为
每一个人　光明的心

(2017－10－25)

档案

今天　整理我的档案
一步步　走得那么坚实
以为是荒废的岁月
原来　每一天
都有一颗上进的心

露水打湿了秋天的座椅
清晨　我想你
我一旦想遗忘
刚转身　你就跌跌撞撞地闯进
正好跌进我的心里

有时候　人可以遗忘一生做的事
可遗忘不了爱　有时候
会情不自禁吟哦你的名字
发现　你像光线一样淡了
远离我了

我宁愿我一生的档案
像一本书
批注都是你的名字
你能陪我天长地久
我才能看到地老天荒

人生　有很多破解不了的密码
我能把我的档案充实完整
最后尘归尘　土归土
一切回馈社会
唯独对你　充满了一种像年幼的期待

（2017－10－27）

英雄

从来没问过你　我峰回路转的今天
我是把话语对世人说的
虽然每个人都给我留下急匆的背影
我和三十年前不一样了
又和三十年前一样了
一种叫理想的月亮
每日照得我和清晨的太阳相会

人生下来　总要实现一点什么
哪怕是价值　哪怕是我爱你
人只有了解自己　才会成为英雄
世界不需要拯救
需要拯救的时候　挺身而出
不是每个人和拯救联系在一起的
有的人就生活在爱里　就已经知足
有的人给世界创造了爱
给有爱的人们一个可以爱的世界

理想　不是飞黄腾达
实现理想必劳其心志
有人会哂笑一名理想主义者
殊不知理想主义者一路前行
摒弃了多少的不解和冷眼旁观

我回望前人的时候
就像有一天你回望我
你记得我的音容笑貌
如同记得一个凡夫俗子
可是　你如果还能记得我
证明你还记得我的话

努力　不是在这个世界上只留下来
是为世界留下该留下来的

(2017－10－29)

为了爱　我可以平庸

我是来救赎你的
如此疲惫
猜得透你的心思
我要把我的思想
沉到湖面以下
愿阳光晒软你的头发
焕出金子般柔和的光泽

带给你幽默
我飞得越高
在世人的眼里显得越渺小
我要讲你听得懂的话
心里真的有你
就会让你展露微笑
驱赶忧伤

我有足够的耐心
等你
人生本来就是一场等待
等待富甲天下　功成名就
不　我只等你
等你回心转意　峰回路转
驱散阴霾　春风化雨

忘记你懊悔的事
不要深陷其中
错误　不是你的错
监狱里走出的狱囚
感恩监禁
更知道自由的可贵

何况　你只是离开了爱的人
跌跌撞撞　风餐露宿
我不会给你于施舍的感觉
为了爱　我可以平庸
檐下燕雀　衔泥筑巢
我温柔的声音　波涌浪卷
离开哲学
每天给你讲三则笑话
默契悦笑　捧腹大笑

(2017－10－31)

军人

我负责担当　你负责幸福
我像被你招安的驸马
求你　以后以公主的眼光
看待我
我上不负你
也不负江山
我不想在名册里被你除名
也不碌碌无为
改写驸马的历史

这样的爱情表白
从古至今
我是第一
你爱我的才华横溢
我爱你的忠孝两全
美貌　是上苍赐给我们的附属品
我们爱这个国家
就像你爱我　我爱你
是最美的颜值

你的忧伤
是我出征前
田边摘下的一颗麦穗
这是我祖国的粮食
我必定夺取整片的牡丹
装饰你的绣房
你不要悲戚

思念是海啊
我们在海的两岸

我能读懂你心中的正义
我已横空出世
如今一将飞安在
我打下的江山
不是你的　也不是我的
普天下的华夏子女
都欣喜
我负责担当　你负责幸福

（2017－11－01）

永恒

一条忧伤的路　寂静
白天覆盖的树叶都成了黑夜
我不想你　你应该长大了
虽然你的两鬓也快挂霜
我记得你年轻时对人的恩爱
秋天　给人披衣
冬天　为爱人系上一条暖和的围巾

老了　并不可怕
世界是值得留恋的
可是　光阴赐予了几十年的时光
福祸穷奢
旅行了那么长的时间
船靠岸了　车到站了
死不瞑目是愚蠢的贪婪

我把攥在手心里的沙
放回了沙滩
海浪卷来的时候
它可以去大洋深处遨游
也可以在清晨的时候
写下孩子的脚印

喜笑怒嗔
我想带上你去白云的家
但终于把你放下了
风霜雨雪　你没有我的庇护
我是沙子　你也是沙子
我们都攥在时间的手中

只是时间不知道
我想变成时间　和你一起

（2017－11－02）

绝代芳华

瞭望曾经瞭望过的山丘
一轮升起洒下银辉的月亮中
我看到了你征战沙场的影子
你的委屈　你的不屈　你的胸怀

月亮　垂下的最后一滴泪珠
绝代芳华　我的不舍与尊重
我的永远相伴和遗世独立
我们孤独　月亮的正面和背面

平行　像一条伸向远方的铁轨
不交叉　是留下我们合影的理由
爱好月亮的正反两面　洗去卑微
抛弃猥琐　战胜的首先是自我

瞭望曾经瞭望过的山丘
我们明天都变成太阳的光芒
我呼唤风和日丽　山川静美
你带来宁静和平　国泰民安

(2017－11－04)

一张书桌

你给了我一张书桌
别的人　别的人
给了我若即若离的
谈心的机会
没有那么多知己话谈
你懂我
我生来思考
写下思想

你给了我一张书桌
别的人　别的人
喜欢听我讲
有启发的故事
你不听
你就是我的笔墨
我的故事再精彩
也是你深夜为我披上的
那件外套的厚度

你给了我一张书桌
别的人　别的人
喜欢读我的
酣畅淋漓
你的爱
是我的情怀
无数的人物走过场
又下场
皮影戏的线
就在你爱的温存里

（2017－11－20）

远征归航

可以安静地想你了
我毫发无损
我的心在你的心里
我想象你坐在我的对面
你看我的时候
佯装不懂我的心思
波涛汹涌的海
你安置心的地方
起伏翻江倒海

我们是有爱恋的
我牵着你的手
在人群中
你的幸福在颤抖
你知道我远征
一定会回来
思念你的岁月里
我出生入死
因为我离开你
太久远

轮番登场的人影
我仿若一直看到你
在我的左右
我百毒不侵
爱　是一种催醒的灵药
我时刻醒着
人生不是荼毒
我爱的　是你

(2017－11－27)

师恩

我正守着夕阳
夕阳落下去了
可你像星星和月光
升起来了
照耀我
和你一样的光泽

（2017－11－28）

相爱

让我远离你
我被世界束缚得太紧
包括我对你的爱
我离开你
才会出生入死
对你的牵挂
是我活着回来的
全部力量

世界已经给了我们
音乐　绘画　花草
还有拥抱
沉沉地入睡是幸福
爱既不会因为不睡而来临
也不会因为睡着而拖延
可我想告诉世界
我们醒着

若相恋必激出火花
若相爱必山盟海誓
你一直在那棵青春树下
等我
我不敢流泪
怕滂沱的河水
冲刷了
我归来的路

（2017－12－04）

梅蕊争雪

青山如此多娇

世界会变得如此的寂寞
我爱的　和我不爱的
都悄悄地落幕
我很久没有为台上的你鼓掌了
你看着我欣喜不止
又低下头欲言又止

山峰的并驾齐驱
分隔的是深不见底的山谷
风吹不动　雨浇不灭
只有山洪暴发的时候
带来了爱的喧腾
冲走了爱的沧桑

夷为平地的村庄
倾注了我们爱的体恤
无奈近在咫尺　又遥不可及
我们愿抚慰村庄的牛羊和人们
遏制住爱的火焰
大坝凌空而降的时候
手牵着手了
爱的　和不爱的
蓝天轻拂下　白云里泪的归宿

(2017－12－04)

高洁

我们止于生命　又高于生命
你不会读懂我高洁的灵魂
我拥有你　又失去你
但不会占有你

快如闪电的博览群书
我能看到你的眼眸
向我闪烁着智慧的光芒
我们相距一个海洋的距离

又像宇宙中闪烁的两颗紧挨的星辰
彼此冷漠　内心火热
牡丹花和茉莉花
阳光下盛开　午夜死去

内心深处的和平是没有战火纷飞
噬咬彼此的灵魂又相互祝福
我也曾祝福开满花茎的小径
我们披零的是挂满森林的光线

(2017－12－06)

芳华

遇见你的时候　都是最美的芳华
我们俩十指相扣　你何时降临到人间
我忘了　我吹了一夜的长箫
把青丝吹成雪落　暖了南京

我会遗忘一段段故事　除了你
你让我想不起来除了你外的美
我不是刻意流浪到塞外
给我写信的只有你　月亮朗诵

我不会拥抱因为拥抱献出我的心
轻轻吻你的发际假装风拭去了泪
没有理由在行将老迈时不放声大笑
我的笑声里全是你的歌　梅蕊争雪

你和我在一起温暖　我是灵魂的再生
凄迷的故事我们也能看出笑点
我们笑自己活在当下通透人生
你给我的爱是爱他人的人格

我穿上了草履坐上了开往东亚的
游轮　你没有见到一个面目全非的我
我从全世界回来给你带一块蜡制的
面包　我们爱书就像我们相爱

(2017 - 12 - 17)

思念

你蛰到哪里去了
你是核桃的壳　我是核桃的仁
你的坚硬让我无处逃离
人们为了获得我
让你粉身碎骨
我的泪随之迸溅
玉为同碎

我们同为牡丹的时候
你说　低矮是便于人们采摘
好想化作池中的并蒂莲
远远地观　送走夏风秋凉
一世不离不弃

你能救我的
我也能救护你
你凝视我的时候
我知道我只要把心给你
我们会在枝头
永不被敲打落地
化成种子　死亦同穴

爱需要　永远才开始的人生
马不会在厩里
风不会忘记雨
开始并不意味着结束
不会像彩虹一样
消失得那么快
爱需要　像一道闪电
壳　我需要

（2017 - 12 - 18）

冬至的笑

笑声　冲抵一江春水的初生
你穿过整个城市的智慧
想象着我为何如此闪耀
我们都握住了彼此的手
彼此成为彼此的智者

我们不需要任何诡辩的技术
我们成为彼此的明灯
光明的行程护送彼此一生
不需要古希腊流淌的密码
比枪林弹雨更密集的历练
花开两岸无劫却余生菲芳

你不需要仰视我的影子
我是你幼小的时候穿过弄堂
光线折射的五彩投影
谁都没把你当作凡夫俗子
我们不需要史册的记载
我们彼此的尊敬义薄云天

踏上哪一条路都荆棘丛生
一颗燎原的心遍野葱翠
今天你带着笑声覆盖城池
那错落有致的山川果绿
每一个春季如期而至
冬季的雪纵然飘洒如席

（2017－12－22）

写信

写信给你
写信给十个人的时间
写给你一个人
小时候枕边的绿色匣子
一封封万字长篇
父亲以为是青春的情书
他问了问你的名字
就默许了
你是个优秀的人
在那个时代
你来了以后
我有时获得第二
你身边
都是平庸的人
他们追随你
我弃如敝屣
假如那帮追随者
围坐在我身旁
我会笑靥如花
但是　他们十个人
也不如你一个人
坐在我的身旁
我默默无语
更会心花怒放
今天的你　已泯然于众
我不把信寄给你了
收信的人
改成了另外一个人的名字
所有玄之又玄的学问
给出一个理想的解答

这世上本不存在抛弃
云和高峰对接
鲨与洋底私语
鹰在悬崖俯瞰
狮是热带王者

（2017－12－23）

灵魂

我在我灵魂的至高处
看着你驾着祥云
一路飞来
你问我现在认为
有没有灵魂
我说　我珍惜当下
如果有你
我承认灵魂的存在

为了你
我将从容半生
所有的尔虞我诈
都是过眼云烟
我用不着手起刀落
处心积虑的计谋
已没有对手

灵魂是能量的密集
当我真的成了灵魂
我不知道何时转世
更不知道
跨过哪道门槛
能追寻到你

我的灵魂
就在祥云的上方
你若来到人世
我以我一生的博学
回答你所有的问题
你出的谒

我不用揭开谜底
我在大学府
是你最得意的门徒

我的灵魂
有你的相伴
不会失去半壁妩媚
我在我坐化之前
先在你的心上
画上一道符
我所有的聪明才智
都将复活
所有的竞争者
都将思念我
没有我
他们落寞

（2017－12－24）

侠客行

我陪你喝了一夜的酒
不是为了等待天明
和你分别
你已经说了太多的话
我不想以沉默
向你表白

你发现我的铜唇铁舌
敌不过你的能言善辩
我们说尽了一江春水
我只是告诉你
我要去捕鱼

我不是江湖中人
但我有最好的鱼钩
那条鱼就是我自己
我不会游向任何
张开的网
我不被愚弄
也不愚弄他人

那条鱼等待了我
好久
势均力敌
我为了让你理解我
躲进了海沟
我为了让你展露笑颜
浮出水面

等我的鱼

等我来战胜
我战胜的是我自己
你是岸上的过客
当你酒醒后启程
发现我已杀了鱼
踏上了梁山

（2017－12－26）

冰山

露出水面的部分
安心地漂移
既不离你很近
也不离你很远
不会被大陆撞得粉碎
潜入水底的部分
比海洋厚重

十分之一的虔诚
即可保持伟岸
十分之九的矜持
你若开怀
水面下的冰
漂向赤道

壮观与你无关
可融成洪流的泪
你在一望无际中
再也找不到
冰山的冷艳

(2017-12-27)

青春（一）

沉默回应你的默许
你只要在我心里
就是在我眼里
我一路披荆斩棘
不是想成为圣人
在我离开世界的时候
想听到你
亲吻我的耳朵

从一个城市来到另一个城市
没有人能和你对号入座
浮光掠影的人群
你的出现
像疗伤的灵丹妙药
我即使在武侠大赛中
身披七十二个窟窿
也是药到伤愈

我的旨意不是神的旨意
我相信神的旨意
不相信神给每个人旨意
但我相信
我的祷告会灵验
就是你爱我

我不会遗忘你
舍不得
我们青春的拼搏
我会用余生的激流勇进

报答你
一生青春

(2017－12－29)

世界

世界为什么分成两片
有你的世界不也是世界吗
我要躲进你的世界
你是我全部的世界

我一杆枪杀开一个世界
功名是我一生的追求
舍生取义　不忘河山
我回头会被射下马来

你在我勇往直前的身躯里
点燃我与中华同行的火炬
我对历史深感兴趣
孤独的不只有文人　还有英雄

你在赞美别人的时候
多少人敬仰着你
我把你当作江南明月
望着你　我回到故乡

诗歌比身体更先抵达世界
我抵达你的青涩和你的成熟
功名是你颁发的勋章
世界也需要爱的功名

（2017-12-30）

雪

每一片指甲修剪干净
抚摸你的时候
你见到了干净的十指和干净的心
十指连心
每次看到手指的时候
就想到你　十次想你

天下雪了
舍不得雪淋到手
怕冷了思念你的心
雪那么干净　那么美
张开十指
拥抱你　拥抱雪

雪融化不了激情
盼望雪　很久了
就像手抚过你的脸庞
你晶晶亮的眼睛
全是雪　全是我

(2018－01－04)

花瓣雨

吹开乌发
发现一片片花瓣
不零落每一片
缠绕着手
就像你缠绕着我

你想和我远行
我在流浪
不让你看出心思
假装全部懂你
其实只懂了一半
另一半是
你愿意和我浪迹天涯

花瓣种成了柳
春天的时候看你
绿荫掩映
收获成行
四方施恩的钵
回馈你的相思

雨落在我的唇边
温暖你
从冬天走来
花瓣是我们的暗号
我们彼此是
怒放的花蕊

（2018－01－05）

手

想紧捏的手
就在边上
确切地说就在右侧
我的右手强有力
灵活
一直没捏
直到
手心里冒出汗
心里轻松
幸亏没看出心思

殊不知
那一只手
一定湿得更透
直到无奈
直到寒心

不负你
前行的路上
不一定
给你的心披光戴彩
倘若我沦落为
凡夫俗子的行踪
不让你失望

握自己的手
直到绞尽心脏
笑容
定格在
没有相握的距离

有一天握你的手
你骄傲
我真的是
得胜归来的
将军

（2018 - 01 - 05）

江南的雪

从小在江南的雪中长大
冬天幸福
江南的雪冰冰点点
入地即化
落到地上
滴在眉上
淌在脸上
即刻消逝得无影无踪
北方白雪皑皑
鹅毛般的大雪
心里充满了窦问
如果这么大的雪封了深山
封了原野
到哪里去找深爱的人
深爱的景致

或者两个深爱的人
北方的雪中
各自迷失
雪凝固成一道
化不开的忧伤和寂寞
漫长的等待
春天来之前
一道风景
一种白
一壶酒
一种等

江南的雪
看得到柳丝

闻得到蚕豆花开的香味
听见婴儿的笑声
抚摸到妈妈的温柔
江南的雪
善解人意
风雪夜归人
抖落的是雪
回来的是心
像拎着一盏菊花制成的灯
不用深一脚浅一脚
想去的地方
都能抵达
心中有梦想
雪意有滋润

江南的雪
能读懂心事
不凝成冰上霜
俏成雪中梅
不在茫茫一片
人烟寥寥中绝望
江南的雪到了
春天就在那一片雪中
偶尔还夹着雨珠的提醒
像春天从来没有离开
像爱意从来没有冰封

江南的雪
是春天的开路先锋
江南的雪
是江南的聪慧和富庶
江南的雪
是江南人的心
江南的雪

是流动的
在茫茫人海中
两颗律动的心
跳动的是
江南雪的活跃
江南雪的韵致

（2018-01-09）

绝望

没有雪
路灯　亮了一晚上
我两眼通明地盯着车窗外
心里全是雪和朔风
不感到冷
心被冻僵
全身的细胞休眠
对冷已没有知觉
茫然得神经崩溃
你走了
整个城市
剩下空荡荡的我一个人

思维已不连贯
想哭却变成了笑
父亲离开我
我可以撕心裂肺
你离开我
我想唱最好听的歌谣
唱给你听
唱得你回来

突然两行清泪淌下来
像心挂上了两行冰凌
我抱住方向盘
但不能抱住你
我在那个城市里
失踪了三天
一直把自己
冻在开着音乐的车上

一直黑夜
仿佛披头散发　面目全非

三天后
我回来了
五毒不侵

（2018－01－10）

我喜欢你静静地想我

我喜欢你静静地想我
就像我静静地爱你

你把我想象成一片雪花
掉到你身上　就化了

你想我的时候　我就来了
我像雪一样银装素裹

你前世在雪地里许愿
遇见一个像雪一样干净的人
我是带着火焰的雪

冰火两重天
我像冰冷的苍白
投入你的怀里
浴火重生

（2018－01－26）

相知相解

我的灵魂里驻扎着你的灵魂
我们相遇时彼此都是暮年
青春时你的含羞我的勇敢
再见时生活给你完美给我智慧

沧桑从来都是一个故事
像城池被收复漫卷诗书
我以为你在悲叹其实悲悯
山河会破碎人会走完一生

我依然青春再现闻鸡起舞
剑锋直指你希望你凝眸视我
寒光发力是你让我醍醐灌顶
博大的情怀我终于见到上帝

上帝最著名的名言爱你自己
我如虎添翼是你给我插上翅膀
我托起你在云中舒展飞翔
你惊叹你的血液充满灵性涌入我的血液

(2018-01-27)

深爱

我望着你
你的目光不能迎着我
我会融化
融化在你
千山万水的呼唤里

我像风一样刮过
终于在你站立的地方
停住
我像万丈高楼
化为尘土
依恋你走过的
土地

你是我无边无际的草原
我不愿意
走到尽头
像四季常青的草
没有悲伤
只有欢欣

你容下了我黑色的眼眸
我为你在大地上
书写的彩虹
百鸟朝凤
庆贺我们　从一而终的
热恋

（2018－02－04）

粉身碎骨的青春

粉身碎骨的青春
我用二千一百天突出重围
被打回原形　原地待毙
摸了摸柔软的腹部
长出了肋骨
我是二千一百天以前的我
冲　也要冲回青春

我的哭泣中没有眼泪
没有如果　没有将来
我不回到前世
只回到从前
锦衣玉袍　白驹伏志
出得山关　斡旋重镇
我记得我九岁的理想
伏妖降魔　报效祖国

天撕开口子
也就下雨
人被撕裂　河山待整
雨会一阵一阵下
人会一阵一阵被摧残
复原的速度一次比一次快
不需要二千一百天了
一天站立　一天为人
一天回到二十一岁
闪耀的青春

不倒下　白发也是黑发
没有人用泪洗发

否则白得更快
拔掉第一根早生的华发
庆幸四肢健全的身躯
再也不惧下一个二千一百天
我要把九岁活成二十一岁
羽翼丰满　壮志凌云
我要把二十一岁定格在九岁
还我青春　满目希望
以最美的容颜和心灵
征战灾难

（2018－02－04）

深夜道别

你站在那里
站在我的视线里
我给了你一个拥抱
给了你所有的思恋和爱慕
我抽身而出
既不爱风　也不爱云
我爱我们征战沙场的
出生入死

我捏了捏你的手指
跟我想象的一模一样
像雨浇灌了山陵
势不可挡
我依然像鸟儿
飞越黑夜
百米之内
我在你的视线之内
你的爱里

我像候鸟
年年飞回你的怀抱
谁说思念没有泪
每一滴
我都吻干
我给你带来赤道的烈日
北极的冰
深夜和你道别
我只要你幸福

飞出百米

像我们百年好合
我能猜出你所有的心思
你喜欢我的回眸
我飞在尘土中
回报世间的热血
我一腔真情
让你欣慰
人间真谛

(2018-02-10)

辜负

突然感到幸福
我把我交给了自己
我要用我自己的名字
给一个村庄命名
给一条路命名　给一颗行星命名
给一种细胞命名
我和外星人交往的时候
报出名字　对方说久仰了
我把自己的灵魂
还以我的名字交给未来
灵魂回来的时候
还能找到现在的我
知道我没有辜负时间　朋友　亲人
没有辜负人类　智慧　理想和
想念的人

（2018－02－11）

世纪瑶琴

我的世界里见到你

我的世界里见到你
你的吻　你的爱
一览无余
再远的行程也不凄迷
你安放了思念我的春天
相信我　回来
只拥抱你

我和你在一起
灵魂就暖了
你担心我错过你
绛唇未启　无论戴上怎样的
行头
漂泊的心
在你眉间落泪

我会小心地安放
你的身体
像安放林间开满玫瑰的
那间小屋
我们在玫瑰中喝茶
在小屋外欣赏彼此的身体
造物主给了我们最好的
容颜
承接雨露
是我们最好的体魄

我的世界里见到你
你听到山泉一路奔来的
声音

云山雾绕　你无法想象我
清澈的心灵　绝不迷路
你抵达我
我等了你　横穿半世的
世纪瑶琴

（2018－02－14）

地铁

我依然想遇见你
那么不经意的触碰
回眸　正是你
想一个人深了
上苍也会意
扬起风中的一粒沙
捏在手中　成了水晶
落在叶上的一滴水
折射阳光　成了露珠

你无论站着还是坐着
都是我心里挪腾出了
位置
你恰巧站在我思念你的
那个空间
那个空间无限小
只容下你
那个空间无限大
能容下你

地铁为我们改变班次
让我们不擦肩而过
同一节车厢
仿佛西半球和东半球汇合
仿佛太平洋对大西洋宣誓
我抓住一只摇晃将倾的手
四目相对
上苍让我抓住了你

世界为什么越活越温暖

对知音永不遗忘
无论相聚还是分开
永不忘道一声你好
不同途径呈上思想
科技发达得再快
也快不过两颗心
心领神会　蒸蒸日上

（2018－02－22）

海洋的心

你在海边等我
我飘起的发
染成了和海水一样的颜色
我的心
灿发出和金子一样的光芒
我假装时尚
走过街区
人们都回头望我
我伸出的手
想挽住海边的你

人们都问我
你爱上了谁
我说我爱你
我如此平凡
和优秀的人在一起
他游出了一百米
我游出八十米
距百米不远
而且信誓旦旦
以后的半世年华
我定游出百米开外

和你相聚的日子
迫在眉睫
我相信一见钟情
就像我对真理的热爱
我从不放弃追求
我看不到百年以后
但是有人类

必定有爱
你在海边等我
海洋的心
人类的情

（2018－02－25）

魂归何处

万米高空的云
卷起层叠的心情
一落地　立马向你飞奔
你整理过我的头发
握过我的耳垂
印在我心上的爱
你用眼睛洞穿我
魂归故里

桌上摆一首小诗
你读懂每一个字
你说我即使天涯海角
唯一的遗憾
没有获得你
爱而不获
有很多种情节
我愿呈上艺术的我
永不落世

我用各种光线
打在你的身上
我透视你
就像你熟稔我
你每一刻为我祝福
我并不胆怯
但爱不是攻城略地
我总是远远地看你
在高空
是和你最近的距离
我可以信马由缰

想你

爱不会世俗
我是出淤泥的荷
每个人的心上
都有一根弦
清冽冽拨过
你和我共鸣
你在黑洞的出口处
等我
万米高空的云霞
也遮挡不住
你对我的期待

（2018-02-27）

你是上天赐给我的勇气

我正当年华　遇到最好的你
你是上天赐给我的勇气
我抛弃幼稚　冲动　遗憾
成熟地面对你的多情
我们之间没有色彩斑斓的嫉妒
每一份来自各方投向我们的赞赏
我们都心花怒放地为对方欣喜

孤独是成就自己最好的高尚
我们不需要喧嚣　不需要被拜访
我们彼此守着孤独爱着对方
我们在阳光下喝一杯蓝天的茶
各自聆听各自的思索撑开的启悟
我们从不沉默　从不面红耳赤
从不争论　从来相互认可

执着地永不放弃对方
彼此在一起相互变得柔软
如果对世界有刚硬的光芒
挤在一起像两个毛茸茸的玩具
暖暖的因为相爱
因为意识到各自的出类拔萃
欣赏对方就是欣赏自己

你不在我的记忆里
你仿佛是我每天喝的水
我们都会透明地交给世界
毫无杂质
我们都会为世界留下勇于攀登的精神
我们甘于平凡　不甘于平庸

无论谁放下手掌不为我们鼓掌
滚滚东逝奔流的长江之水
跃起的水花中　有两朵
是我们交给世界勇往直前的道德

（2018－03－02）

致青春

我靠近你　就是离开你
虽然我的梦中
有无数个青春的你
激情澎湃　暗潮汹涌
我领着你和你们
杀进江湖　没有退路
我也有无数次青春
一次一次比你成熟
我看到你向往太阳的光芒
我不是月亮
我是人间的一个原子
我从不毁灭
也常哂笑无知
我从不谦虚
但知道成熟时低下头颅
像灌满了浆的稻穗
像即将分娩的母亲
像抛妻别子冲向战场的父亲
我知道责任担当
我理解圣贤良训
我靠近你　就是离开你
有无数双仰望我的眼睛
但你没有与众不同
我会遇到无数个你
你追随我　我追随圣贤
甚至追随英雄
我很普通
但努力成为英杰
我不再饰演角色
你看到我每一次像登台表演

从不化妆　清水芙蓉
我把思想交给黑夜
每一个黎明方始
我讲述古往以来的准则
你不会后悔我的出现
我把平生的才华
牵引你走过险峰
为我们在一起的时光
你骄傲　而我觉得
无畏毁誉

(2018-03-03)

梅

我读懂很多不同的声音唯独没有读懂你的
我今天没有和你相拥我们今天和梅花一起
每一枝梅芬芳像我对你笑意盈盈灿如春天
我奔走半世的年华里有你艳润如梅般安宁

我们的接头暗号是我说的每句话你都领悟
我们像两枝梅相伴任凭疏影横浅暗香浮动
我不再触碰你身体因为我们的身体是春意
你汇入人群还是浮现我的眼前像春梅相傍

我们好像不会和世界告别是因为永远相守
我不再小心地呵护着你是因为你心爱着我
我们暂时收拢翅膀阳光下的草坪梅的海浪
仙鹤立梅我们是彼此欣赏的春光也会腾空

我多情的眼睛对着天空你像梅开放的云朵
没有一句我爱你但因为相爱句句如梅无声
无声胜有声相差一个拥抱是送你青云直上
爱如梅海短暂的分别雪后的梅更惊魂动魄

（2018－03－10）

春天

春天　一个迫在眉睫的话题
想到你　像春天般笑得花草绿萌
我是飘过你心头的柳絮
一辈子为你唱一首长盛不衰的情歌

扪心笑问草原的绿芽
可知芳华中最重的是情真意切
我是你永远的春天
永远在春天时第一个问候你

牵了一辈子的手把祝愿交给春天
我们从春天里来　也回归春天
我们在春天里长出坚强
风雨兼程无怨无悔

被风吹落的花看不到四季
无名的花卉见天就长
人们的心事我们了如指掌
绿荫掩映的地方不会少了我和你

我们枝繁叶茂地生　参天见日地长
前人栽树　后人乘凉
我们延续的不是人尽皆知的爱情
我们参悟的是人人都有的春天

(2018－03－12)

相亲相爱

带着飞跃的心情来看春天的花开
五线谱上唱熟的情歌吟哦出热忱
今天跟你谈正义良知对你的膜拜
折出一叶小舟你助推它进入长江

往事像波浪翻滚已汇入滔滔大海
相爱一生是从你的眼睛读到胸襟
我看过天上的明月和当空的太阳
如果你不在我寻找黑夜的北斗星

我在玻璃房里品茶宛若你的相伴
一张张和善的笑脸问候你的智慧
曾一起闻鸡起舞奋斗到月朗星稀
人生的长河相亲相爱与日月齐福

青春是最美的歌谣我们并肩齐飞
有多少次我像洪水淌过你的心房
你在天堑上架桥把两岸联在一起
我是春天的使者你说你永远爱我

（2018－03－13）

时光倒流

有的爱　天生就用来回忆
我们没有辜负每一刻爱的时光
如果时间真的能够倒流
我愿意一直坐在你的面前
感受你充满爱意的目光

如果面对爱有很多种选择
我依然选择毫不犹豫地爱你
就像我勇敢地第一次说想你
从此你的目光柔情似水
我带着你的爱飞越大江南北
战胜敌人像收复失地

世界上没有最精致的器械
但有最精致的灵魂契合
最幸福的事
我懂你　你也懂我
最柔弱的身体也发出金属的光芒

我们每一刻都想结束时间的前行
凝固我们的爱与天地同老
可你总是为我量身定制了盔甲
你懂得我们一起飞得更高
征战理想是我们不老的神话

我们的未来也在我们的回忆里
每一次会心一笑都不负相思意
杨柳岸晓风拂明月的歌声
我懂得有你的时间倍感珍惜
我不辜负我的天赋就是永不负你

(2018－03－15)

光

你就是那光
我是飞向光的萤火虫

虽然微弱
但在黑夜里
向往更光明的光

我们的本质是一样的
我们交流了五分钟
用的是光的语言
全世界只有我们俩才知道
我们谈的是什么
谈到祖国的时候
热泪盈眶
全世界都懂了

我们为祖国浴血奋战
不是射出子弹
才是抗敌
五星红旗高高飘扬
晨曦的曙光
不管是前面雷池万阵
还是万丈深渊
我们只为中国之崛起
不惧任何敌对势力

黑夜里有了我的追随
你看到的是无数个我
还有星空灿烂
一将成名　万骨俱荣

我要为你活着站立
活着荣光
活着告白世界
这是一个清醒的中国
这是一个有光明的中国
这是一个万众一心的中国
这是长城的每一块砖
冲出战壕的中国

（2018－03－17）

凤求凰

春风万田你打马经过
你像一只孔雀
轻轻落在我的案头
我看到你　眉眼就湿了
你吟哦的那首唐诗
愁断思乡　更思念我
我像振翅的凤凰
与你比翼双飞

从远古走来的你
一成不变
青色染上的长衫
谁与你雨中抚月
我开放成一柄荷色的伞
谁是伞下玲珑的鸳鸯
雨季是漫长了些
但融化了冰

(2018－03－19)

你像钻石戴在我的胸前

我希望你不要遗忘我
我跟你走得亦步亦趋
我喜欢你的美
喜欢你的身材
喜欢你沉默的微笑
喜欢你说你爱我
喜欢你张开双臂
拥抱蓝天　也拥抱我

我喜欢世界上没有人知道
我爱你
我喜欢我自己不解风情
我喜欢我们一起走过的
那条小巷
我喜欢你为我筛的茶
我喜欢你带着我
南征北战
我喜欢你从不虚伪
我喜欢你的眼睛告诉我
你只爱我

我喜欢没人穿透的
世纪秘密
我喜欢我坦荡
我毫无瑕疵
我对所有的爱意
视而不见
我留守着一股清泉
我弹的琴
只有你能听懂

我也曾尝试
飞越太平洋
我的羽翼
在你的亲吻下
格外温柔

我是生命的创造力
你是我的原动力
我们纯粹像水晶
不管折射怎样的光线
我只要说我爱你
你必说你也爱我

我们让爱
成为世纪的华章
我会塑造坚硬的自己
我不会让你融化
但你像钻石
戴在我的胸前
我们是一样的硬度

（2018－03－24）

画家的模特儿

你所有的智慧增长我的机智
你妩媚的眼神靠在我的肩头
我和你相依相偎
是世上最佳的姊妹良友

我曾经为你唱了一万首情歌
让所有的少男频频回顾你的倩影
殊不知你是我得心应手的画中人
你从画中走出回归你的家人

你是我唯一的知己
因为你净身于我的画作
我用一抹轻纱
覆盖你美妙的胴体

我让我的儿子选择你作女友
在他未来的路上
有你这样的绝色美女相伴
天妒英姿　笑我慧眼

(2018 - 05 - 04)

文明的步伐

我们不再探讨
我所知的　是你未知的
我几乎无所不晓
包括你的寂寞
你接近我的心

我们不是一百年前的少年
一百年前也有文明　法律　昌明
一百年是非常遥远的年代
对人而言
非常短暂
这一百年内
我正好有三年和你在一起
这三年　就成了千年一样久远
因为　你爱我

我们一起在秦淮河边
放过风筝
你注视风筝的眼神
就像我注视着你
百年前也有风筝
还有热气球升上了天
当有了飞艇
我们在飞机上不期而遇
飞船带我们飞上外太空
我不想躲避你
永远不想

（2018－06－05）

鸽群

我真的感谢你给了我这么多年的青春
我的每一滴眼泪里都有你给我的振飞的翅膀
我无论站直还是趴下
都是以行军的速度征服山峦
唯有你征服了我
你是我帽檐上那颗闪亮的红星

我不能听到你的声音像鸽哨飞过蓝天
我是领军的白鸽只有我知道飞翔何处
无处不见挥动的红旗你举起双臂
随时准备拥抱晴空下的一片洁白
我们是最好的方阵对得起你的滋养
像祖国蕴藏在胸中每一天放声歌唱

每一个黎明都思念昨夜的梦境
你和我相爱的每一个人在一起彬彬有礼
寓示着我爱得值得应该露出微笑
我把一封信带出遥远的国境
无论是风餐露宿　风雨飘摇
我会口衔钢铁长城　插满绿色的橄榄枝
预示着我们相爱　像国防线一般牢不可破

（2018－06－08）

将军的誓言

我喜欢你穿过人群的模样
直到你看到我离开
莫不惊悚的样子
我喜欢你思念我
喜欢你以为我捉摸不透
我其实只是去喝了一杯酒
仿佛一个大国
与另一个大国之间的
谈判
我会寸步不让
因为国土上有你

我本来和你在一起
和围着你的人们举杯相庆
这世界充满着蝇营狗苟
当你胜利的时候
人们在散布着小道消息
他们喜欢看到你的失败
看到你疲惫不堪　落花流水

我会驱赶掉侵占你的铁蹄
我诡秘的笑容
让敌人闻风丧胆
我会排兵布阵
至于哪里是地雷阵
你都不知道
你永远在安全区
和你的战马在一起
你头戴钢盔
把枪重新瞄准了敌方

（2018－06－14）

轮回

我听到你的笑声
像一泓清泉流出山涧
我们手拉手走了很长时间
后来彼此走散
连风都吻不干眼泪
我们在轮回中
还能认出对方
我记得你小时候戴过的帽子
你想起我公主般的着装

所有流行歌曲的悲伤
都和我们无关
我们或轻松向着光明
或沉重垂向黑暗
仿佛都如濒危之人
因为爱
而死而复生
即使你走了
也在另一个空间打坐等我
你衣冠整齐
仿若处子再生

我们不为情欲
而迷失方向
不是所有的爱
都与性有关
但若真爱
必繁衍子孙
我们不禁锢各自的身体
但若真爱

必　让灵魂空灵
身体出窍

(2018-06-21)

远行

从来举重若轻
轻轻地把你举起
又轻轻地把你放下
我从一座林子
走向另一座城池
总有一间房间
安放我们的灵魂

从来轻轻地亲吻你的左颊
你又希望我亲吻你的额头
我其实是亲吻一片海
你在我心中掠起的惊涛骇浪
我放你远行
因为我也要走向另外一个世界
你总留恋你案头的阳光
就像我轻轻地飞来
又轻轻地飞走

(2018-07-01)

师父

投回你的怀抱
像西天取经
经过了十万层炼狱
依然想念你庭前的小径
你就像如来
压我石下五百年
而我手持如意金箍棒
砸向了一只虎
扯下一张虎皮
遮了下体
从此　有了佛的模样

（2018－07－05）

水晶金发丝项链

姐姐　你喜欢听到我的声音
我的世界从精神层面滑落
跌到尘土里　生根　发芽
张扬　是一半在尘土里安详
一半在风里飞扬
你的声音比我好听
就像你赠我的水晶项链
那金丝是你
我是包裹你的那滴泪珠
清晨　就化成了雾水
迎风吹干的不再是泪
泪流尽了　那只有笑脸了
姐姐　别想我
我不再骑那匹高头大马的赤兔
身在曹营心在汉
待我斩获三将
你看　项链成了马的铃铛
那是我一路给你唱来的歌谣
你会听到我的声音
每一声平平仄仄
像远古走来的霞光
光芒万丈
和水晶金发丝融为一体

（2018－06－28）

出生入死

我计算着和你见面的日子
是呈一本书　我写的书
还是携一袋金子　我挣的心灵财产

江湖险恶
你唯独看中我的智勇双全
我礼貌地对你说　请心无杂念

我要坐上你坐的那把椅子
转圈　仿若你的恩爱
出生入死

（2018－07－12）

伤心地

绝望的伤感　低头即是永别
没有起死回生的灵丹妙药
舍弃　是刀剜心尘的彻悟
没有你　好像和长生有关

（2018－07－15）

行走青春

我真的爱你

我真的是舍不得你
听到你的耳语　听到海的声音
就像你抚摸我的十指
我只有一句誓言
我　真的　爱你

相爱　是默契
你的眼中　放飞一群海鸥
我是白浪追逐的白帆
我在甲板的船尾
迎接你的俯冲

今生　我为你飘起一根红丝线
顶天立地　是我的人格
我可以没有世界
但不能没有你
有你的尘埃　才是我的
世界的中心

(2018－07－20)

丝巾

你越走越远了
飘逝的丝巾　零星成远方的帆
我欠你一盏路灯下忽闪的影子
因为相拥
整条街的灯　亮如白昼

沿着海岸线
会走到你的家
而你不在书房
墙壁上的长青藤　枯萎
廊下的几株玉米　笑开了颜
并非在城市　就有爱

脚　踩在礁石上
裸泳　比太阳热忱
我松开你　获得了整片海
蓝色是天　也是忧郁
一滴泪　滴在海中
和海水　一样的颜色

（2018－07－18）

我安放了一把椅子

离开你的时候
我安放了一把椅子
想你的时候
就坐上去　晒晒太阳
有时候　也淋点雨
风说　你可以走了

没有天涯
海角　还是有的
我变成一朵云
有时候　下点雨
我们　就合二为一了

在我目力所及的范畴
你　总在我的心上
但　不必言说
爱　是私房话
太阳知道
云知道
雨知道
你　也知道?

(2018 - 07 - 27)

母爱

我拭去泪
是为了你乐观　向上

人　无法不年轻
也无从不老去
我的灵魂　和你相伴

你不会长成我
会优于我

能言者能思
能思者能悟
能悟者能察
能察者能觉

向智者的恩典报以崇敬
向人生的思索报以启发

年轻时候的喜悦　汗水　泪水
无法代表日渐成熟的不付出
努力和追求
终生的事

人的经历无从复制
阅读他人如阅读自己

你　长成伟岸的你
我也　绝不衰老

(2018-07-29)

面具

三张面具
傲慢　矜持　目中无人
通常把它们在水中泡泡
洗去它们的愚昧无知

（2018－07－30）

自画像

白色的山脉　一匹骆驼
一颗燎原的心　一个黎明
一棵随风摇曳的柳树
一粒种子　一群嗷嗷待哺的牛羊

海水漫过山脉
田野荒芜
人类经历战争
分久必合　合久必分

一株水稻
分蘖出果穗
低垂　意味着庄严
像国旗　迎风飘扬

轻　是赎罪的飞扬
重　是沉默的地狱
我在一株果树上攀爬
山脉成了我的脊梁

打开窗户
有飞蝇　也有光线
不会因噎废食
我的手需要氧气

一行字由左至右
一个人由生而死
风来竹面　鹰过长空
无所住而生其心

（2018－07－31）

巨鲸

伤害　一触即发
巨大的悲痛　巨鲸吞噬
浮出海面　喷射水柱
庞大的身躯
一颗羸弱的心脏

（2018-08-03）

我必须崇高

我必须崇高　回到你的身旁
立德　立言　立行
你送我的六字真经
我把它们装在车头
照亮所有黑夜的道路

指哪打哪　蓝天上飞过的雀鸟
我不忍伤害
对准靶心的枪术
十年的功夫　汗水比他人
多流一倍

我必须崇高　火眼金睛
我不蹚污浊的溪流
不会佯装跟小人作一个揖
我的秘杀绝技
令敌人人仰马翻

指哪打哪　额头绑上金丝带
我不是江湖蒙面大盗
身正不怕影子斜
蒙上双眼　我的心也能听到
你发射的指令

（2018－08－04）

北京的城墙

生命在于奔跑　而不在于等待
我推开一扇门　看到另一个自我
你坐在那里　黑夜像旗帜

北京的城墙像古老的故事
我们小时候在那里躲过猫猫
那时候你就青衫白袜　与众不同

我触摸你的心门是抚摸你的手机
你的电话里只有我的芳名
就像我的心里　只是你的才华

城墙抵得过黑夜的厚度
我手握一串钥匙　穿墙而过
你在墙那边等我　光彩

（2018 - 08 - 10）

衰老

你失去了美丽的容颜
没有失去我爱你的心
小时候　你常常拉着我的手
听我讲　我爱你的故事

你常常抬起头
望天上的明月
你说明月像我的脸
而我总觉得
你像月旁的星星

你说会陪我一辈子
漂洋过海
你没有了音讯
昨夜我还梦到你
陪我唱一首哀婉的歌

我想好了六十岁见你的模样
我一定拉你的手
诉说衷肠
只生　付予你的爱
亲吻你的双唇

沧海桑田　日月如梭
当我学会了隐忍
有多少离别的痛思
爱而不获
像派克亲吻奥黛丽・赫本

我要让痛延续一辈子

达摩克利斯剑才不会掉落
珍藏一辈子的爱恋之歌
才不会人仰马翻　船倾舟倒
爱是魔鬼
表达会让你走上
不由分说的死亡之道

（2018 - 08 - 12）

归心似箭

火车穿越过黑色的层峦叠嶂
一夜沉醉　一夜无眠
世界上最短的距离
是你懂我
我无须回到你的身边
邀三江水
清濯我们的情谊

我无须崇高
但远离放浪形骸
只有酒　让我现出英雄的原形
我在酒杯的倒影里
幻想三国的南征北战
有了你的理解和接纳
我真正体会到
波澜不兴　风平浪静的宁静

幸福是你拥我入怀
我们哪儿也不去
就在你的目力所及
人会骄傲的
一旦被所爱的人挂念
宁愿远涉千山万水
随火车在云中穿梭
一路骄傲
心有所属　身有所归

(2018－08－14)

固我中华

一九三七年的枪声
风咆哮着
卢沟桥的狮子
眼泪淌血

平津危急
华北危急
中华民族危急

今天桥上的云
压得很低
从云端透露光线
光芒万丈

你不是生活在一个和平的世界
你是生活在一个和平的国度
从一九三七年开始
中国军人　荷枪实弹

战争　不是一场梦魇
是实打实的血流成河
中国志士的心胸
从来不是你进我退

冲出战壕
用胸膛堵上枪炮
走了我一个
还有千万个

战争检验的不只是国力

检测的还有人心
谁是真的英雄
舍我其谁

国家就是母亲
英雄儿女　敌人若再敢来犯
让他有去无回　众志成城
铜墙铁壁　固我中华

（2018 - 08 - 15）

爱相随

我翻开我抒写的篇章
只寻找有你出现的文字
我一辈子最重要的事业
就是义无反顾爱上了你

青春的血液汩汩流淌
爱上你就是不舍昼夜
我们仿佛不会迎来斑白须眉
你举手投足仿若爱行走大地

爱的确是长相厮守
心在一起再远的行程红星照耀
你正好照见了我的理想升上天空
彩虹当练下的牛羊涅槃于非命

爱的确不是生死度外
爱是勇猛地拼搏谨慎地活着
为陪着你走更长远的安全之道
我削光路上所有带刺的荆棘

(2018 - 08 - 15)

领会

其实　我是怀念你让我渡过难关的岁月
雪山上的冰　刺骨冷峭　无人领会
连鸟都飞不到的高度　人迹罕至
你送来了温暖的光照　让我融化成水
汇入太平洋　流向炎热的亚热带

椰树林都会跳舞　我的倩影
言述难以言表的倾情
挽留　是我一辈子的誓言
无论你是否有心插柳　还是无心栽花
历程是一万次开口说“爱你”
唯恐惊扰了天上的云彩
我没有了伴舞的沙滩和海潮

今天　是我想离开你的日子
我已了无牵挂　岸边的岩石
把我拍打成著作等身
我寒冷了太长时间　也温暖了太长时间
千言万语　我要留待后人评说
评说我的谦忍　我的付出　我的领会

没有人不懂得感恩
就像我随气流回返重新凝成冰
我以一座塑像的模样把你擎在掌中
有人仰望　有人攀登　有人不得其解
原来　爱　也可以有冰冷的模样

(2018 - 08 - 16)

错过　即是永别

你多情的容颜　我忘了饮酒的心情
酒是快马加鞭的阳春三月

我看着酒杯里的倒影
望一眼你的明眸
自古多情无外乎两种
一种是坦诚表白
一种是王顾左右而言他

交相辉映着我的两种才情
却上心头　才下眉头
我知道无人相伴
天马行空　直到遇见了你

我不再跋山涉水
云说　留在你该留下的地方
不要犹豫
错过　即是永别

（2018 - 08 - 17）

海内存知己

我会到老的时候
抚摸你的双手
让你聆听
我为你跳了几十年的心房

知己在一条笔直的路上
我夜夜徘徊在你家的小径
挥泪斩断不期而遇的梦想
记得我每天在你的梦中飞翔

山重水复
阻隔了两座高楼的距离
楼像山峰
我们在山顶遥相祝福

人生苦短　有你的长夜
黎明会争相逼近
晨起跃飞
只为环绕你　浅吟低唱

（2018－08－23）

魂归大海

我可以静静地想你了
一千万句情话之后
你依然漂泊在我的视野之外

我的家乡傍着长江
入海口的水平静流入大海
我投入你的胸怀也是这种姿态

你牵我手的时候
两岸早已长满了茂盛的绿树
你是不会记得　我蹒跚在荒滩上行走

皎洁的明月催醒睡梦中的你
你因为我爱你好梦甜蜜
我因为爱你魂归大海

今天我远离你像远离家乡
每一寸都熟稔却无法亲密
我要让荒滩之草　长出你睫毛的样子

(2018-08-26)

心中英雄

你总是幻想着我守护在你的周围
你晶晶亮的眼睛告诉我心地纯澈
这个国家的人们都是我的衣食父母
我亮出手铐才发现有人沦落街头

我远征的时候必须把你放下
我们并不是要成为世界的中心
犯我中华者　虽远必诛
不是所有的文人　手无寸铁

对于老谋深算的人我才刚刚出道
手持800斤双锤的李元霸仅排第二
面如病鬼只打得185万军队尸山如海
姜松胯下马掌中枪天下无敌英雄

初次登场手下留情世间恐无几人
百步穿杨我从来射不中的是你的心
英雄醉卧沙场从不需要缠绵悱恻
禁不起你一声哂笑原来需要我的问候

我呕心沥血战斗的模样是你的最爱
紧紧拉住马辔的头不掉进情色
我打马飞过武松回到了景阳冈
那一副手铐把潘金莲锁到了现代

（2018-08-29）

鸟巢

我听到你的笑声了
心照不宣
你总是在低着头的时候
想自己的心思

我从来没有心思
早就脱胎换骨了
直到　遇见你
又有了心思

从今天起
我讲凡夫俗子的话
做奇谲诡异的人

你不会容忍我放下心思
奇峰突起
是我的剪影

枝丫在天空
等待鸟的飞翔
鸟巢就安在大树的身上

(2018－08－31)

晨航

黎明未苏醒之前
霞光万丈　旭日会冲出海面
金光万道　海浪宁静

极目辽阔　起航的渔船
冒起炊烟　脸色黑黢的渔夫
昨夜黑暮力量的蕴积

支一张画板　海边写生
看晨起的出航　日落的返航
艺术和渔业同为勤奋

渔夫爱大海一生
人类爱春夏秋冬
像黎明　远航了很久

（2018－09－03）

裸女

江南小镇
我约你在双桥下画画
你写的那张明信片
我看不清地址
你把它漂在了水里

你一路喊着我姐姐
炉火纯青
是我的画风
我告诉你做人的道理
鞭辟入里

每一笔浓淡
都在我眼里
我让你不要害怕
无论爱你恨你的人
机智应对

斗智斗勇
不只是对付男人
这世界聪明的女人不多
如果碰到棋逢对手的女士
一定要珍爱

女人的身体
不只是画布上的裸美
你喊我一声姐姐
主要是你风华绝代的美
让男人也刮目仰视

（2018－09－10）

祖国的土地

百合花绽放出蓝色的花瓣
你把心放在了我的心上
我遥远地呼唤了你二十年
从青春走向指间的壮年
泪水涟涟化作幸福的微笑

我为你出了一本庄严的诗集
庄严的爱情庄严的等待
人们读懂我对你肃穆的爱恋
举手投足也许获得是失去的开始
我小心地开心小心地视你为珍宝

人生从此翻开了冰莲的芬芳
我再也不会沉沉地睡去
即使化为化石也和你相拥一起
百灵鸟飞过茂密的森林俯瞰花枝
众娇百媚唯有你口衔橄榄枝镇定自若

谱曲的环节化练成演唱的激昂
谁在演奏谁在指挥谁在深情高歌
每一位艺术家都有心中的偶像
百毒不侵心灵的讴歌羡艳世纪
我飞翔的空中有了你的奉献

我是太阳你是沉默的云层
你愿意为我走上舞台展示神秘英姿
我是祖国的土地你是我的恩典
博大精深形容爱情最为恰当
你从此不再深沉笑迎我花容真切

(2018－09－08)

致姐姐

我的八百里江山
就是你的
我一直把你放在枕边思量
我和人类同行
就是与你为伍

你高尚的精神道德
是我欲哭无泪的赞许
爱到极致　海誓山盟
我指着我脚下的路
这是你指引的方向

鸢尾花在清晨清唱
你让我奉献给人类
我拿什么奉献给你
道德情操　精神至上
我们不再嫌贫爱富

也许我们什么也没有
你的眼睛里闪现我的光泽
也许我这一生什么也没有
独独拥有了你
这样的友谊　人生无憾

（2018 - 09 - 14）

鲲鹏直上

导游王美丽

青春的旋律在心里荡起涟漪
我拒绝一切爱意但无法抗拒美好
你飞翔的样子真美
好像皇冠会加冕到头颅

我带着你的温婉细致穿越太平洋
我们的人生领悟极其吻合
不只是世界的美景有共同的话题
你看我的时候好像从北极来到南极

我没有假装过青春可我喜欢青春的追求
我不是世界奇迹而你依然为我惊喜
世界的奇观妙景让你的青春丰富人生
踏遍全世界我们需要心心相印的笑声

我会送你一片羽毛你飞翔的时候更加有力
周游全世界你也需要牵挂理解你像理解风景
我要听到你在世界各处的笑声
因为我也热爱世界和用青春行走世界的你

（2018－09－28）

火山和岩层

灵魂从一扇门穿过
到达另一个灵魂
你们都在沉默
我像燃烧的火山

你们是掩盖山火的岩石
火山的喷发
万物燃成灰烬
包括岩石　空气　河流

沉重地覆盖住我
熔浆的沸腾
是一种信守
相安无事　日日相伴

我保持着冷静
忍受你的窥探和宠溺
没有你固定的容颜
山川早就不问西东

(2018－10－04)

诗作与画作

我写了一辈子
想写一首追求你的诗
每一次　好像只写了一半
从来没有满意
因为　第二天
有新的灵感
你有　新的美

我爱的人很多
但我会克制
克制到刀枪不入
这是一种责任
你既然让我幸福
我一辈子学小孩画画
画出那种出其不意
画出你对我的骄傲

我只注重今世
人们对我的评价
所以我活在你的爱里
谨慎　创造　创作
当我漠视你的美
可人们驻足于画布前
我画的你
都纷赞你的美

如果认为现世是恐怖的
根本不会创作
我今天承认
我的每一首诗都是日记

但有时候说了假话
把爱你的感情欲盖弥彰
我怕燃烧得再剧烈
画布成了灰烬

（2018 - 10 - 15）

爱因斯坦

时间叠了起来
挂在一张钟上
速度到达一定
人会穿越
我以前坐在你的身旁
如虎添翼

死后的笔记不用焚烧
因为没有戕害人类
但不能给你看
画的都是起舞的土豆
我没有看过斗马
把土豆变成了星光下的马

你我不能对视
对视我以为有爱
我常想象黑洞
吞噬的核武器
不该是人类发明

我的爱
不只是青草
寥廓的宇宙
有许多未解之谜
包括爱是何方神圣
有许多悔恨
被挪作他用

（2018－10－16）

爱相遇

强悍的你
我用手指轻触云层
泪　掉了下来

你席卷我的世界
我用立体呈现
写一篇
你看懂的檄文

你不离开我
我无论用何种方式
轻触你
你都会颤抖

我在你眼里
美成了
当代杰出英豪

柔软的世界告诉我
爱相遇
当
永不辜负

(2018-10-16)

杜鹃

像使者一样远行
驿动的　街景的红叶
红得似火　无垠的思恋

回到青春
青青的竹子
漫山遍野　爱得苍翠

风送美景
人　美成深远牵挂
酿酒　采摘红杜鹃

归来　一往情深地播种
跃出水面的朝霞
问　情为何忧

(2018 - 10 - 18)

真心相爱

“我爱你”
听到了吗
对我说的话
我心中的波澜
掀起万道泪痕
脸上笑着
给你最美的亲吻

我爱你
我练了一千遍的台词
怕你不懂
迎风吟唱
为你
开放成一枝牡丹
百折不挠　丹心真勇

一定会到下个世纪
一定会永远
一定会谱成曲
传承经典
一定会我爱你
我属于你

(2018 - 10 - 29)

江海交汇的母校

——致启东中学 90 周年校庆

骄傲深埋在心中　走过的青春
淬过的刃　是钢
苦读的青春　拼搏的青春
思维跳跃的青春　理想万岁的青春

平原上成长　奔走五湖四海
晨起的阅读　通亮至亥时的教室灯光
靠海最近的地方　铸就了海洋的情怀
海纳百川　博古通今

长江边的夕阳　一抹金辉
贫寒或者富裕
青春是挡不住的勇往直前
就像长江一路奔向大海

回到难忘的岁月
青春的血液长出了鹰的翅膀
每一个火花四起的创造
实难忘　母校琅琅的书声

(2018－11－05)

蟋蟀宁静的歌喉

听到蟋蟀在树叶间最后一次鸣唱
初冬了　整个夏季一直这么宁静
最后一只蟋蟀　最妩媚的一只蟋蟀
最健康的一只蟋蟀　最痛苦的一只蟋蟀

树叶停止了摆动　因为安葬蟋蟀
蟋蟀在夏季是没有生命的
因为它在哭　所以夏季宁静
它会变成另外一只蟋蟀　因为孕育了生命

凡是最优秀的　都经历过撕裂
最幸福的无外乎两种人
功成名就或甘于淡泊　粗茶淡饭
蟋蟀哭过　早蜕变成新的蟋蟀

它给子嗣留下遗言　一定要自律
哪怕四季属于鸟类　但是蟋蟀杰出的歌声
揪碎了一位诗人的心　让四季春常在
世界不得安宁　每个人如梦初醒

（2018－11－09）

分手

风不会总向一个方向吹
否则　树　侧头歪脑
我摸到了你后脑勺的
那颗痣
让你乖点

你从没有像后街男孩
吹笛给我听
暗恋我的人　给我捎来一箱酒
你说好喝　无邪地敬我
手风琴拉开了云水谣

我也就微醺了
爱从来不由分说
酒是带着露水的玫瑰
你笑得坦诚　迷路的
我的心　莫名的痛

（2018－11－21）

一位科学家爱的语录

我今天终于卸下妆容
我实现了我爱你的誓言
我经常找不到自我　神秘莫测
其实　我背着包去旅行了
个性鲜明　却被你俘虏

你爱我伏案疾书的背影
你爱我慷慨陈词的机智
你爱我心无旁骛的专一
你爱我愚钝沉默的表白
你爱我见你手捧玫瑰的欢欣雀跃

今天　我披上了你的风衣
明天　我又转瞬消失
我只要一颗心
能听到另一颗心的跳动
风衣　带着你的魅力
我的体温暖着它
山重水复　我　爱在征程

也许　我解剖了宇宙
而你　惊喜地读我的科研成果
谁说　论文不是诗
起承转合　世界不会总有核武器
你坚信和平　如坚信我的爱
阳光万丈　晴空碧海
世界安宁　抵达梦寐

（2018 - 11 - 28）

记录时代

一次次蜕变　为了遇见你
我就是神　江南已没有冬天
胜利归来　叩问我的良知
我不负卿　上苍开颜

有人问我
你一生中　怎么战胜困难
回答是　没有困难
在国富民强的时代
感谢时代　制造了神

与时代同在
俯视和仰视
我们不只有贫困
我们没有懦弱　没有战火纷飞
国家不幸诗家幸　卷进了滚滚红尘

依然有恐慌　末路狂花
无数的国人力挽狂澜
我问孩子们　你们听懂了吗
站在神之上的　是人民
总有悲观主义者以为穷途末路
总有开创者发展中国

我把你枕在心里
为了更像你
天下兴亡　匹夫有责

（2018－11－30）

子弹上膛

我唱尽的湖光水色中
只有你的脸
像明媚的桃花
一行燕子
在檐下啄泥
我以我伟岸的心
一个军人的情怀
瞩视我的乡亲
那里太富绰
流逝的年华中
我以我高洁的灵魂
护卫你神圣的心灵

我要回到我的故土
我前半生守卫国家
后半生守卫你
我把一行诗留在城市
这里有我热爱的你
我无论在世界的哪一个角落
为自己是中国人感到骄傲
如今　人们不爱看西洋的片段
我即使是来自深层的煤
也要燃成火炬
为让你爱我而骄傲

你默默地看着我
我吞下多少苦果就有多少荣耀
世界是太平的
就像我们的爱
我默默地爱所有的亲人

其实　我的枪早已擦亮
谁和现在的世界擦身而过
谁就会饮憾终身

（2018－12－07）

棋谱

你从河那边走过来了
我抖落了风尘
嗫嚅着不敢示爱
每个人心中
都有大写的人字
你比天大
我只有比天大
才载入你的史册

我不和蝇营狗苟的人
在一起
他们抱怨着
没有机遇
与我第一个相爱的人
已被洪水卷走
为了拯救一条羸弱的生命
远离了我的爱恨滔天

前行的路上
幸亏有你
我鄙视很多贵妇人
浓妆艳抹
我会对酸腐的文人
拔刀相向
不要以为没有才华
就可以欺行霸市

我曾经在战场上
献出鲜血
我不愿意哪一个战友

落伍掉队
每个军人都有神圣的誓言
我望着月亮的时候
就在望你

我知道你神圣的格局
每一颗棋子落在棋谱
我抬起头注视你的眼睛
你把风吹向哪里
必有我击缶而歌的战旗

（2018－12－12）

爱是谦卑

你是无法抵达的高峰
因为　我早已成了高峰
我不害怕天堑
只愿和你默默无语

我手持一支长矛
成了塞万提斯的堂吉诃德
我制造了一枚太阳
愿你永无阴雨

风把我的眼泪
吹到你的心上
你知道我们相爱
我是为苍生安宁

我真的会走进城堡
为一位公主决一死战
她粗糙的手抚摸我的额头
每个人都有假想的爱人

我超越众人不超越你
爱是谦卑
智慧是我对你下跪时口若悬河
你的赞许是摧枯拉朽的勇气

（2018－12－13）

无字真经

邪恶之火
游走于天堂的门槛
十枚疯狂的太阳
爱上十个疯狂的人
你伫立窗外
是第十一枚太阳
却和月亮一般皎洁
你温润的手
推开邪火
你说　人的崇高
在于无邪
却对邪恶　洞察悉明
你总把一本无字的真经
像树　栽在阳光下
那十枚太阳　栽了
那十个疯狂的人
醒了

(2018－12－20)

遗忘

致命的错误
获得而遗忘
遗忘温柔
遗忘对幸福的
信誓旦旦

(2018-12-20)

精神之恋

我也想一夜看尽长安花
看尽你美丽的容颜
你用激光打起一道光柱
直射天宇苍穹
我顺着光柱　看到天梯
拾级而上　你用才德
抚直我的肩膀　永不倾斜

我祝福人们　有秋的收获
像我一样　被爱的人所爱
我膜拜你　像永远没有了冬天
你直视我的目光
像樱桃挂满了树枝
灵魂的交集　注定出现伟人
你　流芳百世

我跋山涉水　却如沐春风
奔赴南疆和北疆　返程绿洲
挂在树梢的冰凌　像明媚的迎春花
我的心里只有一个季节
像书屋点燃的火炉
每一个有分量的字
都和你一样　千钧之力

（2018 - 11 - 27）

作家（一）

害怕死亡
害怕死亡而梦不到你
不害怕别人在我的文字里
替我梦到你

你会明亮地看我
光线　是你的笑容
我看到一只蜜蜂
它离开蜂巢

我写下另一只蜜蜂
其实它在文字里骄傲
它不爱护自己
咯血

死亡　现在不害怕了
活过　你找不到我
也不会悲伤
你　梦到我　幸福

（2018-12-26）

一生情谊

你是个孩子
来呵护我的
把一根棒棒糖
递到你手里
你说　化了
递给你昨夜准备的巧克力
也化了　可你笑了

那张锡纸
还存着
坐在主席台上的你
忘了我是将军
两三颗星　没有冬天
我负伤了　你出征
你是个孩子

我口才杰出
从不向你表白
对着大海
朗诵你的名字
一枚贝壳　有了耳朵
你是出色的
我成了演说家
不演说爱

(2018-12-26)

43 路汽车

再过 10 秒钟
你不来　我走了
车会来
你不和我同一趟车
这是我去游泳的车
这是我去医院的车
这是我去见你的车
这是我离开你的车

这样　很好
我失去你　拥有天空
你是天空外的太阳
今天阴天　还有北风
我看到了三月桃花
青瓦白墙
我看到拥抱
在水底长成了鱼
冰面破的
我们在北海
手拉手　冰靴锃亮

我为了一种离开
获得小心
小心歹人
小心我先比你老
小心看不到你老的时候
小心我染霜青丝
你白发飘扬而哭泣
小心你在车后面紧追

说你的心
掉在我怀里了

（2018－12－28）

戏比天大

回忆

一匹马
一匹拽不住缰绳的马
奔驰在不堪回首的记忆
成长　一块岩石
像马的心脏
沉重

不要回去
曼妙的姑娘　唱歌的小伙
不属于马　龙钟
午夜有泪
踢倒一潭水
浮于水面　无力

青春　没有极限
等马的人
站成礁石
去无踪　来无影
一座丰碑　祭奠
恒久的船歌

（2018－12－29）

高风亮节

低谷的时候　要高扬
否则　见底了
高峰的时候　要低垂
否则　缥缈了

只有来时路
没有归去道
一直在来的路上
即使下山
也不是同样的景
更不是同样的悟

鸟语花香　凄风苦雨
心若明净　即是天堂
人言可畏　耳旁风吹
你知道你要说什么
就不在乎别人所言

首先活成你希望的人
才能见到你期望的人

(2018 - 12 - 30)

舞蹈

心中的舞蹈　流淌的精神
青春闪耀在你注视的眼睛
舞台上戏魂所在
戏比天大　踩着你的节奏

相爱　此心映照彼心
你的完美和诠释
是我舞进你的剧本
每一个节点　熟谙你的生命

谦逊地抬起头
你是知音　台上台下
欢呼我的即兴登台
我舞出汗涔涔的至臻表演

你不离席　我不落幕
你站在我的身旁
向掌声如雷的观众致谢
韶华　才刚刚起程

（2019－01－04）

冬天

静默的星空
逃逸了的狐狸
一只刺猬抱团
削尖的刺
扎痛了冬天

祖母的眼睛
不混浊
放养一只鸡
气宇轩昂
火烧云在东北
亲戚　江南的苏州
打一把伞

雪飘过黑河
爱　淌在边界线的两岸
衍生出永远
不用语言
看一眼
狐狸献出皮毛
划桨的刺猬
在一张油画上
拥有　家乡

(2019-01-06)

思念

不经过那条挂满冰霜的路
幸福也是见或不见的痛苦
呼啸的火车不再喷出浓烟
永不到达绿叶离开树枝

和温暖的太阳朝夕相处
鱼儿游在溪水里不曾暗恋青苔
愈黑的夜星星愈亮
计算着黄叶制成书签的日子

任何一处伤痕都被包扎治愈
抚摸鱼唇的手血像水流过心脏
清澈的爱低头沉思挂满祝福
被冬天搅动的心思抵达亲人

(2019 - 01 - 08)

哲学

找一个人倾诉
她的头　依偎肩头
长发随意摆落
露出毫无哭痕的脸

间罅无贰的灵度
无处不为法
既可以在彼处登陆
也可以在此处上岸

雪陪她度过长夜
长夜是一生的哲学
她在雪里洁白
她在夜里光明

无人不爱孩子
她一生是个孩子
却一生双手合十
把世界当个孩子

（2019-01-09）

过来　让我抱抱

不朽的眼睛
不是没有人间爱恋
你做成沙画
总为我留一个空间
我说　爱你
你说　听到了
我　泪如雨下
泪　变成今天的雪

厮杀中有爱
活着回来找你
我需要你的亲吻
需要你为我卸下战袍
你让我现出女儿心
你　对我说
过来　让我抱抱

成佛的路上
依然有凡心
我学会爱你　披荆斩棘
敌人落荒而逃
我已没有敌人
祖国的敌人
我的敌人
我献出似金子的心
你打制金制的铠甲
战无不胜　得胜会你

（2019－01－09）

夫妻

春天给你唱歌
石象路上架起一副墨镜
你的头发　黑的
你看不到我了
因为关上窗户

留在墙角的米
成了化石
问你饿不饿
关心你是否冷了
你说　摘下墨镜
看你

心慌　每一次分别
泪水是可以唤回爱人的
却种了一院的仙人掌
刺破一朵莲花
研成粉齑
无论在沙里　水里
皆是爱的生命

(2019-01-09)

离开

人生　一场场离开
不陌生
黑夜里私语的晚风
那么悲凉
庆幸　有过春天
甚至夏天　秋天

离别　相互叮咛
别想　会找到相似的
眼睛湿了　不相似
十字格办公室等你
那时　已经长大
你手捧芦苇花等我
那时　正曼妙青春

注定和爱分别
一只猫　一条狗
一尾金鱼
刚刚学会现在的你
全世界的爱
地球的东西两部打仗
茫茫人海
日夜的思牵

(2019-01-12)

魔术

魔术能把你变回身旁
不生不灭　带给你赞赏的微笑
我实现了　一生让你快乐
这是一个隆重的誓言
在少林寺学的武功
没伤谁一根毫发
例如　没伤过你的心

隔空对话　听到你朗声笑言
被一个人爱　爱着一个人
愁苦是上一代人的遭遇
上一代人也有爱恨情仇
例如　有了你　有了我
例如　我爱你　你爱我
上一代人瞠目结舌
转嗔为喜　返回青春期

从一座高塔上凌空飞下
魔术能把我变到你身旁
我第一次见你　眼亮了
你第一次见我　心颤了
无奇不有　奇迹真心
你总以为我会离开
你离开后总是瞬间回来

(2019 - 01 - 14)

补天

手抚过脸庞
一张喘息的薄纸
声音热了　青春的无畏
如果爱　褪了衣服
看到锁骨
一览无余的山丘
看到爱
迫不及待

忧郁　飞走的鸟
读每一本武侠小说
看到你
激情奉献热吻
海　床笫的波涛
岩石　安慰的录音
全世界欢庆
爱一头雄狮

穿上白衬衣
每一次低头
不辜负　有你
有了欲望
每一次欲望
造人　补天

(2019-01-16)

柔弱的诗人

活到八十岁　为了你
你　依然十八岁
画一个十字线
从你的胸膛到腹部
从你的左肋到右肋
从你的灵魂到天堂
从你的爱到永生

你的身体　渲染的画
每一幅画作　淋上烈血
你沸腾的火焰
世人驻足　徬徨在你的故居
这里有过旷世绝伦的爱
有过一位诗人的哀叹
一位诗人的欣欣向荣
一位诗人的覆水难收

品尝青涩的梅子
采摘成熟的芒果
五味甘陈　幸福是
见证诗人的真诚
因为　你也有付出
同频共振
眼睛里揉进一粒沙砾
疼的是你的心
吹走风沙
你　风涛袭卷的海岸线上
坚不可摧的挡风林墙

(2019-01-16)

如果爱

一个祈祷
每一个的今天
当作考试
没有一场考试
不全胜出场
当然　有失误
那是没重视
就像没重视爱你

爱对一个人
身轻如翼
十万里河山
江南画舫
细雨斜燕的飞翔
沉默了一季的风
笛声悠扬

沉默中的微笑
寓意爱的幸运
奔走街头的委屈
呼号爱而不获的悲伤
想告诉人们
青春　不是爱的祭奠
爱　人生的入场券
如果心心相印
不惧人生长征
如果爱　必有光环
赞许的眼神里
仿若天使天神

（2019－01－17）

绝不沉默

我从不沉默　从不谦虚
但都认为我沉默
认为我谦虚
骄傲是我闪亮的外衣
悲悯天下
是我沉淀的心灵

当我做出决定
一生　为你带来快乐
我的智慧　耀宇天穹
因为爱　因为相思
因为相信人类的美德
因为擅于反唇相讥
那是对敌人　对政客

因为擅于失败
也擅于成功
因为擅于捞起记忆中的你
因为擅于走回头路
因为通宵达旦
向你表达爱慕

因为擅于为一个人唱歌
因为擅于为你吟诗
因为擅于告诉你
前路崎岖
因为擅于安慰你
没有我　你更优秀
因为擅于和你比翼

你爱我　我更谦虚
而　绝不沉默

（2019－01－18）

战前情书

猫耳洞的指挥室
一只茶杯　放下又举起
临战前万籁寂静
料定必胜
排炮飞出明天的炮膛
子弹　打穿了谁的窗户
在天空　回响成巨雷

唱戏的将军撩起锦袍
花拳绣腿艺人无情
真要嫁娶得了戏子的
重情的人活得认真
从来不像演员一样打仗
上台的台柱子功底深厚
回回都像打仗有惊无险

爱属于决胜后
靠在谁的肩头
突然唱出一本梨园精粹
战前尚能浮想联翩
心中　只要有两分钟的空白
气贯长虹　舍你其谁
打红了眼的战事
每一份血　为你沸腾

(2019-01-19)

老之将至

你的手抚过我的后背
我在沙滩上沉睡了很久
梦见平静的海浪
你从远方走来

巉岩是远处的炮火
担心失去你　担心我不够努力
害怕我再也不会冰上芭蕾
渗血的脚趾缠着绷带

苦难是玫瑰流血
晨曦中的微笑
迎接年轻或年老的生命
原来　你一直未曾老过

赞扬老去的年华
原来爱恋是日久弥坚
皱纹是坚韧的年轮
原来爱　永青春

别人家的老人是祖父
我们的手没有起茧
爱把对方化作瓷器
永远洁净　永不蒙尘

浪袭卷在舞蹈的岁月
我不会长眠不醒
只是蜷缩的身影
你变成了可人的婴孩

（2019－01－21）

石像

我就是个清高的人
除了写字
从来不让　墨染了手
我会搬起工地的石块
蒙着纱巾的头颅
眼睛　放射着巨人的光芒
我并不沐浴
但从来不　尘归尘　土归土
我卑微的心　有高昂的灵魂
但对肮脏视而不见　嗤之以鼻
但并不是不劳而作
我不让你看到我
我既可以泼墨十米长卷
也可以弹一弹手指
如拨古琴的弦
扬起的风沙　遮盖我的背影
每一个雕塑家
和诗人没有什么不同
而我作为一名诗人
在工地上治疗我的咯血
在高楼未竣工之前
你看到我像米开朗基罗
凿下去的每一斧子
不是为了雕刻你
而每一个人都知道
石像　只开口跟你说话

（2019 - 01 - 22）

母亲

如果为岁月奔波是一场幻想
幻想的时间太长了　以至于
习惯于拿起镰刀　收割
檐前的麦穗　以至于
习惯于奔跑　不忘记
抓住你的衣襟

如果你带笑的容颜是梦中的安慰
习惯于你银铃般的笑声
习惯于你抚摸我的头发
习惯于你安慰我　跌倒了
别哭　习惯于你告诉我
对欺骗人的人　要学会欺骗
惩戒昧着良心的人　要习惯于
治理国家　习惯于为民请命

如果你爱国的热忱是我一生的理念
要习惯于不去国外
习惯于貌似钩心斗角
其实是生存　是各个人的特点不同
要习惯于法网恢恢　疏而不漏
习惯于漏网之鱼　必无后福
习惯于酒吧的各种唱腔
习惯于人们粉墨登场

(2019－01－24)

隐姓埋名

南京的十字路口
铺满了一个人的脚印
你看　月亮升上来了
为思维而哭泣的挣扎
路边的枯树长出绿芽

原子弹是一种图腾
尸殍遍野心悸的噩耗
一种历史沧桑史册
一种历史运筹帷幄
一种历史扼杀于孳息

一座曾悲伤的城池
不如像草原般放牧
收集的土样标本
今天改良的苜蓿
樱花般开满楼宇

有一种幸福隐姓埋名
你知道被谁保卫
但不知道被谁设计
漫步审视南京
一个普通人向你致意

（2019－01－28）

雪人

不能看到你
看到你　就化了
像雪人迎来春天
荡漾成河
荡漾成秋千
荡漾到你的怀抱
吻你

吻　不是离别的代名词
每一次相吻
吻你的鬓角
吻你腹部的白衬衣
吻你的手
都被修剪
像绿化带
修成整齐的球型

都被智能化
你　储存成芯片
无论问我爱谁
都是你的名字
脱口而出　没有算计
我披着你的围巾
雪人化了
围巾还在

(2019-02-01)

迷幻

春天　靠近眼睫毛的那一片绿芽
以别样的身份生存　你能识别
伪造我自己　人脸识别
我在档案里　你管理的不是我

夏天　河湾上不再泛滥的浮萍
走出老宅寓居高楼　你能找到
无法解释的隐藏　科学未解
变出断为两截的我　叹为观止

秋天　收获成了机械化的模式
不用打工也有收入　你在微笑
一棵果树任意搬迁　碧落黄泉
一直在追随看似荒唐　窗满华光

冬天　人世的轮回绕不过冰冻
一个人心里常驻春天　你在哀悼
暖了的四季依然分明　冰天无雪
跟踪着影子形影不离　魂貌魄神

(2019－02－01)

雾里看花

抚过翅膀的双翼
一双手　浸在墨里
用十指当笔
写一个“爱”字
痛了心脏

爱是会飞
你在哪　我到哪
我用肩比你的心
你高人一筹
我顶天立地

爱的感觉久违了
等你飘风的雪中
你哈出的热气
吹热了度日如年
相思是美
相思是病

一百次回眸
换得誓言
颤抖的手
裱那幅字
雾里看花
爱是清粹

（2019 - 02 - 03）

仪式

深沉的仪式
掬一捧雪　化开时
秦淮河边的灯
亮了半个月

半个月亮
挂在天空
直到月圆时分
直到佳人款款而出

酿的米酒
家乡的味道
江南的稻子
醉成新年

前廊到后屋
习惯了檐下的冰凌
习惯了牵你的手
习惯了圣洁

在第 398 页
一位作者写的史诗
涵盖了你　赞美了你
你早已存在

（2019 - 02 - 10）

手指燃灯

伟人

一万里长征走了一半
枪林弹雨　也要带你
冲出重围
理想建立一个国家
打破了旧世界
挣脱镣铐
从延安出发
走上了赶考的路

伟大的人
也有平凡情感
也会催人泪下
因为顾及国家
而忽视小家
有一个最爱的人
夜静时分
经常叩敲心的窗棂

五星红旗升上晴空
没有辜负人民
没有忘记战友
无孤可托
因为都献身战争
咬紧牙关
绵柔的手常人无法抵达的
坚硬的心

（2019－02－15）

绘画

静止到一片叶子
掉在地上　都会粉碎
告诉你一种状态　工作
迎面走来一个粉红色女郎
与心仪的人相去甚远
不仅仅因为性别
不仅仅因为心情
不仅仅因为有没有钱
因为不想在粉色上花时间

不会用一支笔
涂抹整面的墙
每一根线条都优雅
娴熟得像动物本身长的样子
心有灵犀　不只是
孩子会感动
像孩子一样待人
像孩子一样分辨是非
像孩子一样　离别　会哭
聚首　欢欣　拥抱
会亲吻对方的额头
会眨着欣喜的眼睛　亮晶晶

春天　注入了新的活力
不只是因为一场春雨
不只是因为想念
不只是因为祝福
不只是因为干杯
因为朴素　因为作品浓烈
只喝你寄来的两坛清水

君子之交　淡如水
作品芳香　斗室馨
人格互映　弃寒霜

(2019-02-15)

一年四季在于春

有些事　必须被纠缠
就像我决定
必须把幸福给你
有了你　才有了故事
有人说　故事长了点
下一则故事
主角还是你

人　活着的意义
在于安排时间
但不安排你
你在我的时间里
清晨的一枝鲜花
也是擦肩而过
而我是一架精湛优良的相机
娴熟地完成　抓拍你的
每一个瞬间

我以额头的第一根白发
起誓我的一年四季
寿终正寝
今年的时光　入殓的时候
最后一块棺木
不会长出青苔
我已种上了海浪
云游四海

（2019－02－17）

水至清则无鱼

你是认真的　让我等你
我剑指高楼　夷为平地
不是没有人懂我
是没有人像我　能言善辩
不是没有人陪我　登临高塔
朱唇未启　只会心知肚明

用手指燃灯　痛觉人间苦难
我只是扫平了一座危楼
从不去太虚幻境
水做泥做的骨肉
浊者自浊　清者自清
你每一次临危解难
像我每一次临危受命
你护的是我　我护的是心

解甲归田　城市的中心
没有耕牛　牛是幼时的宠物
牛比记忆还遥远
没见过马　马是古战场的利器
原来　你只想看到我束上长发
脱下锦袍　笑语盈盈
不会为了拍一场电影
在小天地里　大动干戈
你指着一张发黄的照片
那是我　你保存了六年
我没有办法不懂你

（2019－02－18）

相反数

我说　下雪吧
雪　真的下了
我说　你来吧
你　真的没来

我说　有人在为我战斗
你披挂上了戟
在舞台上
什么都可以演的

王侯将相
有人　掌鼓得通红
戏班子　在我下的雪中
赶往邻村

我说　你卸妆吧
你说　你比戏中更英武
我说　你为什么不泅过河来娶我
你说　我比戏中更纯洁

（2019－02－20）

星空

在你的门上
刻上十二颗星星
每一颗星星
都是照耀你的目光

森林里的那座灯塔
蝴蝶重生
飞过的羽翼
遮蔽了篝火

你像诗人一样
被捕获
你吟唱的章节
被舞蹈

你想舍弃
却难忘山盟海誓
你想飞翔
亮成了星空

（2019－02－24）

春天的朋友（二）

蛰在门里的一段故事
我的耳朵贴在门上　贴着你
你说去去就来　让我藏好
藏在你的办公室里　不要出来
你在室外播报　字正腔圆

有时候　青春正是一段舞蹈
我们都是舞者
你旋转的身影
惊落了白鹭一行
我舞蹈时　你总是喜庆了双颊

留给我们的时间太多了
我将为你的年华真诚祝愿
我躲在门里　心在室外
你徜徉在室外大厅
绵延的声线传播神话

我们将喝一辈子的茶
有一种茶壶叫龙吐水
南京的明城墙六百年不坍塌
暴雨倾盆　和风细雨
我们看桃花一年红了一年

（2019－03－02）

笑

青春　倒头就睡的苏醒
直到分开　才抱头痛哭

被我爱上　是很幸福
你走得再远
我也来到你的身旁

蓦然回首　总见到太阳
那是我　温暖你

从不让你的心下雨
我说　你哭吧
哭着哭着　眼泪被我蒸发

（2019－03－04）

战士宣言——你何处可逃

今天　一只眼睛疼了一天
疼得肝脏都要裂了
预示着　我以后瞄准你的时候
闭起一只眼睛　瞄得更精准

爱你是扬眉吐气
绝不是委曲求全
无论你单膝跪下
还是我心无彩凤
我相信　你是我的
另一个轮回

我请求尊严
放过小溪里的河流
我本是一条大江
沸腾着奔向海洋
因为有你
咆哮成一座高山

心如止水
是因为你止住了我
水是弹无虚发的子弹
正中靶心
十环

(2019－03－04)

读后感

没有一个作家不呕心沥血
不呕心沥血就不会流芳百世
一些作家把心掏出血儿流干
他早已知道榜上有名
书不会消遁匿迹

一本很难读下去的书
逐字逐句都是精华
一位作家毕生写一本书
需要勇气
书里写的人勇闯天涯
一生只爱一个人

即使再善于周全关系
也奉劝爱他的人
发乎于情　止乎于礼
终身没和爱的人结为良缘
彪炳史册　却追爱一生

爱的人被魔法幻为村姑
心中的光芒百毒不侵
一幅圣像高贵入梦
地狱是勇者最后的归宿
爱慕的人永在天庭
遗憾是美好最美的神奇

（2019－03－06）

鼓

钟楼的鼓响了　敲了十一下
一万种爱你的方式　喜极而泣
沉睡在获得天使的梦中
天使也有梦　黎明梦成真

每一个清晨都出发
要去的地方很远
黢黑的岩石　狂风暴雨
有你的梦　和风日丽

普度不只是使众生解脱
你度了我　我悲悯天下
花开见佛笑　佛慈怜你心
风雨同舟　船上没有你

带着你的指引远航
你是风　吹动了帆
你是桨　划动了水
你是鼓点　跳跃着一万种勇气

(2019-03-11)

爱鸟

喜欢一只鸟
把它放回森林
喜欢一个人
把他放归大海

必须有三十二只鸟
围绕着我
必须有十二个模特
贯穿我的一生

像鸟一样冲进我的家
告诉我　春来了
扫视舞蹈的阵容
你鹤立鸡群

佯装不爱你
给鸟二次生命
只携带你走进精彩
鸟飞过海阔天空

（2019 - 03 - 13）

步行街方砖圆舞曲

春天的步行街
丈量一块方方的瓷砖
到另一块瓷砖的距离
木匠用的拉尺
量不出一个男人的步伐
像花一样的女人太少
除非自己带着如花美眷

像绅士一样目不斜视
美是枝上啁啾的春燕
繁华的街景透视人间
锃亮的鞋
踩不准一块方砖
到另一块方砖的边际线
有一位佳人在北方等待
每一步　踩出了音准

陶醉
即使沉默　也有人懂你
狂欢节的那天
和马车上的农妇调情
她掷来的紫罗兰鲜花
插在纽扣里
一个男人在南方
想念北方　不会放荡不羁
一块方砖与另一块方砖
之间的光洁
规距着一个男人到北方的
旋律

(2019-03-22)

贾宝玉

心里好痛
想念最好的人
有人问我　你痛过吗
我说没有

触摸你的颈骨
给你讲了一个故事
从此　我只要离开
你就颤抖

我是曹雪芹
爱的和念的
只要你好
我走向白茫茫雪的世界

我不是曹雪芹
十年磨一剑
挑灯夜战　看你时
你是我的怀抱

（2019－03－27）

演讲

对着空无一人的大厅演讲
我也能气吞山河
我知道你在
我吻过你
从你的心脏到腹部
沸腾的青山秀水
因为你的伟岸
落日长圆　枯木逢春

我只要一个知音
蜡烛的芯　剪了复明
琵琶的弦　琤琮清音
你是奔腾到海的月亮
少年　我不更事
桀骜不驯
只为进入你的双眸
你在我耳旁轻轻哈出的气息
我掉入网中

你是吹送我上九重的绿柳
我见到你的赞许
像如雷的掌声　经久不息
我学会了和大海对话
波涛是你的抚摸
我每个字熟诵三遍
像你交给我的佛经
木鱼轻叩我的才华
我走半生　你伴我一世

(2019-04-02)

声名大振

突然心静如水
幸福让我声名大振
池塘里无水
无人再放鱼苗和蝌蚪
包括一条红色的金鱼
一个孩童在石阶上跳跃
我现在也能跳五百下
只在无人的时候蹦跳
低调地行事
高调地内心喜悦

我只要与你交流十分钟
时间却过去了一个小时
我习惯了你向我奔来的样子
你的喜悦
我习惯了找个理由退去
河边的一万步行走
你喜上眉梢
喜欢一个人　爱上一个人
你将远行万里
不记得我的挂念
而是我永远行者的风范
在江湖上

(2019－04－05)

分离

远行　是必备的分离
思念　因为远行
而更加珍贵
昨天的梦里　和一枝紫罗兰
重修于好
今天　一头大鲸
浮出洋面　喷射水柱
然后　潜入海底　了无踪影

不需要坚强
不需要相互离开的痛楚
有更好的前程　一个借口
我在　你笑得如此舒心
一千零一夜　我倒背如流
没有一个人　像我
熟谙你的心思
围着你歌唱的小鸟
没有一只　有我天籁的歌喉

囿于相思　不如勇敢相见
奇迹　我总会出现在你的身旁
一片海域　一座楼　一颗星
你在黑夜里露出的微笑
是我梦寐以求的祝福
今天出发　明年归来
再长的分别　因为牵挂
旦夕之间　重逢可待

（2019－04－06）

一生相爱

你总是以崇拜的眼神看着我
殊不知　爱是相互的赞许
被囚禁的心灵仿佛置身于两座牢狱
敲了敲墙壁的声音传达了欣喜的密码

为了相见掘通了地下的泥石
肉体是靠呼吸才有生气
把一切都带在身上
不要任何多余的东西

信誉是精神和物质的整个生命
爱上你的理由是几十年相知相解
我把文学化成了天体物理
你让量子科学注入了我的灵魂

十指相扣不代表步履蹒跚
一股暖流袭击全身量子即灵魂
破茧化蝶不是每个人有我们幸运
我仰视你的目光从不敢轻举妄动

（2019-04-07）

世外桃源

看望你的脚步近了
惩罚不能过了头
虽然代表天主的使命
落花无情水有情

安身立命的传奇
痛苦被幸运承担
放在床头的毒药
毒死了施药人

以其人之道还治其人
曾经因怯懦离开的人
不再记得
怯懦也是一种罪恶

一点白帆的起航
你的相守　我来不及死亡
一座城市归于平静
世外桃源　我爱你的城堡

（2019－04－09）

爱的气势

膝下有黄金　不会下跪
你挽救了我
我回报你一世的拥抱
从来就没有跌下
因为有你托着

我何尝不是踩着莲花
我的悲伤　是看得见的
你吹开了雾霾
我一路铿锵
见证了你是王者

担当只要一颗心
携爱飞翔　眼泪成了水晶
你总把笑容画在我的脸上
你眉眼里传出的力量
我把脸贴在光滑的丝帛

痛苦总会过去
幸福绵亘长远
我会在每一个花开的季节
告知你　我深爱你
我们俩站着　站出了爱的气势

（2019-04-10）

中国人

活出了英雄本色
能担当　能放下
峰峦叠翠　路回峰转

枫树和松柏栽在一起
一种红得江山欲滴
一种绿得生命长青

在没有磨难之前
谁都是孩子
在有了磨难之后
孩子都成了英雄

星光因为有英雄
驱赶长夜
月光因为有英雄
迎接旭日

（2019－04－13）

悟空

安然无恙　越挫越勇
失败　就像常胜一样
运筹于股掌之间
轻轻抖落的风
不外乎草船借箭
顶天立地
最可贵以诚相待
谁是西游英雄
悟空真汉子
火眼金睛是术
重情重义是魂
屈可忍　明是非
古来英杰真天子
顶天立地伟丈夫

（2019－04－16）

破茧化蝶

浪漫

你爱我　因为神清气爽
我不懂生活　但懂浪漫
我自己的事我都不会
别人求助的事我都会

曾被压石下五百年
却杀得出上下五千年
悟空归了唐僧
我归了你

爱仿若取经
爱的人也不相眠
老了的时候
爱的人成了圣人

你见我就是嗅一枝玫瑰
悟空杀妖怪护师
我持观音的玉净瓶
让残柳复绿　败树萌春

（2019－04－19）

作家（二）

在名著里转悠的时间长了
前人说尽了你想说的话
阖卷的时候　突然顿悟
我也是有话要说的

一个人有多大的胸怀
就有胸怀装得了多大的天下
一个人有多高的理想
就有理想著得了天下的文字

沉默不是不喜欢言辞
是没有时间纵横天下
你对我的爱是心里有我
我对你的爱是笔下生辉

噙泪叩头朽木前头是春
含悲顿首病船岸边是涯
我以我血荐正义
一分光芒慕春秋

（2019-04-19）

诀别

妩媚的眼光　刮起的飓风
生死不离　奔向黑洞
死不瞑目　爱是难舍
每一张图纸
标明你的方位
城堡轰然倒塌　遗世独立
羽化成握住你手的电流

每一份心思　精准到齿轮的咬合
伏在胸口　听心跳的声音
临别的夜晚　九霄乌云
雷声是古老的神话
因为民意天明饮鸩
因为爱你难舍真理

用嘴吻上你的唇
倾盆而下的泪听到了海的暴躁
托起的手掌上站着英姿
每一次忘了回望你的出现
每一次出现是生命的源泉
奔赴死亡是我的大义凛然
存过的生命里唯幸运有过你

（2019－04－21）

青春（二）

除了没有给你性　什么都给你了
一个黄昏即将来临的时光
盯着黑白电视屏幕上的妩媚娘
心猿意马　总听到脚步声
总回头张望　什么也没有

想念一个人是可以筋丝无力的
惶恐无助　心火欲焚　日月昏暗
决定奔跑出死亡的阵地
决定起死回生　决定冲锋陷阵
你奔下楼梯的瞬间
整个楼道都寂静了
你站在小道上望我
路绵长得只看到你

挥挥手什么都不存在了
一份感情像噩梦
曾经拥有过
感动过纯粹　却悲伤岁月的沧海桑田
有的人不会一生拥有
有的情值得一生欣赏

（2019－04－22）

标签

识得你的标签
就是两个字　爱我
我把水砍断了一百回
为什么总流向你的心房

即使是百战百胜
也想脱我战时袍
对镜贴花黄
伙伴皆惊木兰还

云鬓欲吹火烧云
时代的强音是战胜苦难
城墙的厚重记载了欢欣鼓舞
失望不是每个人的常用词汇

宅前的柴扉半遮半掩
一半留给你
一半留给暂停漂泊的我
把幸福栽种成果树红柿挂枝

平安是夜里的星星
照着你眼睛时我看到了世界
老马识途骥伏枥
摘得爱魁签鉴古

（2019－04－30）

修补天书

一个人　如果从耄耋活回幼年
大多数人会成为伟人
这是一条不可逾越的规律
所以　大多数人　默默无闻

不是失败的时候没有回头路可走
是不允许失败　只能蹉跎岁月
理想被半路砍杀　风霜染鬓
回望来时路　老态龙钟　无力挽澜

智慧是日积月累的
臂力是日渐消退的
人　也不喜欢成为婴儿
但成为婴儿　还有成长的可能

在两相矛盾中
把自己当个智者
不诈人　不被人诈
天书被翻烂后重被修补

（2019-05-01）

一杯咖啡的情怀

手是能触摸到天的
因为你比天高
天有斗转风云
人有运转轮回

把别人喝咖啡的时间
用在了写作
七情六欲　人间烟火
天看了　天也嫉妒

天有一个伴侣叫云
生了一个孩子叫风
因为和谐得腻了
风驰电掣　雷电交加

在咖啡馆写作
天被挡在了外面
它也想成为一名不速之客
想知道咖啡拨动的情弦

（2019-05-02）

城门

一声炮响　伏兵四起
久远的故事　战马嘶鸣
铁甲与血肉混为泥水
今天看来　城门太单薄
太不堪一击

强中自有强中手
用诈还逢识诈人
古战场　尽股肱之力
如烹牛宰羊　削人如麻
离间计　是最轻松的战役

老了才用的计谋
已无后生可听
收服后生的良诀
加以官爵　赐予美女
美女几易其手　参与战争

现在的城门　成了史观
和古埃及的狮身人面
别无二致
古战场涂炭生灵　群雄争战
城门　最野蛮的球场

(2019-05-03)

结义

我以忠义两字
取你的心
过五关　斩六将
千里走单骑
我着的锦袍
是你相看泪眼
凝噎送我的护身

我早已单膝跪下
原来我们结义的故事
流芳百世
我琢磨我跳动的心房
为何总倾听你的声音
原来盛世中护主
也需要肝胆忠心

赤兔马是我的双翼
青龙偃月刀舞似流星
我冲得出人海
奔赴你
四海追随
原来　忠义
是超越一切情感的神祇

(2019－05－04)

三军威武仪

菩萨心肠　金刚手段
能谋事的人
相逢一笑　心领神会
当然　也哭断泪肠
久别成疾　相拥成喜

人生大笑能几回
斗酒相遇须醉倒
青山怜我人如故
我劝青山胜抖擞

人生的长河里
总有一个人
在所有的人都散去
这个人还默念着你
你也默念着这个人

三军威武仪
胜决赢智慧
他日龙钟时
祥云照手腕

(2019 - 05 - 05)

战斗

只要我开心
你的嘴角　就是云飞扬
我着迷于你的一举一动
包括你身经百战
从指挥车中下来
手机却滑落于手
因为你抱着一堆指挥方案
急回指挥室

连司机都抱怨
再这样摔
手机非摔裂不可
我的任务是
酝酿于深夜的计划
聚集一堂
我只在你身旁
为你加上一杯温水
让你连续操劳了
三天三夜的脸色
有一丝水的滋润

在战斗中结下的友谊
哪怕是叱斥
哪怕是争执
但绝没有挑衅
我率队出战的战役
覆巢之下　安有完卵
但我为你建了一座宫邸
虽然你从未在此安寝
我却垂长手于身躯
恭迎你得胜安返

（2019－05－06）

穿越

我自带光芒
你是我的整个春天
从山涧流出的小溪
不言不语
等待我
咆哮成海

我是上帝派往人间的天使
只有你　识得我的面目
为我拭去满面尘埃
我在炼金炉里锻造的丹丸
一枚给你
一枚给我的师父
因为师父
让我　投奔你

我把天戳了个窟窿
师父念了紧箍咒
我含泪悲屈
腾云驾雾回花果山
谁说我不懂生活
你是沸腾我的灵魂
你是让我杀回马枪的战鼓
你是我赤兔马的辔
你是我战袍舞动的赤胆忠魂
你是穿越三千年的信使

两国之战　不斩来使
两雄争霸　不毁文人
我让你载入史册

挥泪诀别　你撩起你的衣襟
为一声怒泣
我还你一个三国争雄
即使是太上老君
也知道　我不止等待了五百年

（2019－05－08）

身轻如翼

你笑了　山泉的弦响了
你在我的手心里
写下一个字　爱
我懵懂无知
回复　永世爱

谁都有老的那天
我身经百战
只认为爱　唾手可得
其实　爱　遥不可及
一针一线纳的鞋底
鞋底穿了
唯爱　擦身而过

你美妙的歌喉
似百灵鸟一般
我见了众生相
唯鸟是你的灵魂
因为你身轻如翼
坚信　谦虚的我
永不负你

（2019-05-08）

因为艺术

把一切都献给了艺术
所以才爱上了你
你在阴雨天的线条
像柳枝蘸上了画笔
一点小小的忧愁
在画布上　成了菊花

我微笑的样子　扑朔迷离
你深爱上我
是爱上了艺术
我让你在星夜里微笑
你把哭泣拭去
向往着我的拥抱

我只拥抱年华
唯有唯美
你独一无二的形象
是我和世界的对比
世界因你而添色
我画的 1500 幅画
人们只认可
我画你的那幅

（2019－05－12）

母亲节

抱着母亲的后背
宛若胎儿在羊水里
听到了母亲的心跳
幸福　母亲的目光
慈爱

仗剑天涯
这一刻　宁静
母亲　你不只在心里
我是你的每一个细胞
在你的血里

不再嗷嗷待哺
时间停止了
永远会很远
我扶着你的样子
像你牵着我的手

我的母亲　安静
笑　是她战胜世界的武器
包括培养我
她的微笑　她的心跳
我宛若胎儿　在羊水里

（2019－05－12）

从三国活到现代

三国　不是历史上最伟大的时代
因为一本《三国演义》　群雄逐鹿
方知真英雄顶天立地
洒泪捞江涛　气节贯云霄

只为冲得出厮杀
我要救我的人　护我的人
良相多奇策　将士争立功
我回首时你正回眸望我

你是我一生最珍重的人
我要功名　也要你
时光给了我最好的回报
我拥有了功名　也拥有了你

拥有你　即拥有了功名
我是三国里唯一活着的人
即是为了活到现在遇见你
三国应加上一个人名陈上校

（2019－05－14）

静穆

十七页书看完了
今天　不少有意义的事
坐着四轮小车　羽扇纶巾
出了城门
气死了周瑜

周瑜　何等英俊
但不洒脱　三次金疮伤发
吐血而死
料理了他的丧事
扶柩痛哭
少了一个知音

书中的事　不必当真
写书　呕心沥血
引人入胜
非举不寻常之笔
写不寻常之事

张翼德喝退百万雄兵
看书　到此告一段落
每天一百页
作者写了一生
每个十七页　都有启示
为文之道　为人之道

（2019－05－15）

至死不渝

川流不息的人海
挥之不去　你的脸
诸葛亮薨于五丈原
主我将的星在天上

奇谋异策
安放不下思你的心
鞠躬尽瘁　事必躬亲
奔赴你的心　决战沙场

坚守　血雨后的别开生面
制造的战场奇阵图
你添一笔　我增一画
天上　升起了两颗星

命不该绝　至死不渝
独钓的江山　谁与争雄
誓不陨落　安抚丞相的心
升起的孔明灯　两盏

（2019－05－17）

每一次　都是你的名字

绝尘而去　猛然回首
你出现在云端　详视我的脸庞
问了一千遍　我爱的是谁
每一次　闪现的都是你的名字

欲说还休　心思亮若明镜
牵挂得太多的是思念
离开　不仅仅因为诱惑
离开　心飞向不同的你

高山　向低谷垂首
白云　向太阳问安
黑暗来临的时候　都在睡眠
梦中千万个彼此　举轻若重

问了一千遍　我爱的是谁
每一次　闪现的都是你的名字
通透自己的心情　更通透你
你抵达我　锐不可当　历久弥坚

（2019－05－21）

对抗负能量

不拘泥于过往的烟雨风云
坦然面对未来的悲喜交织
诚实会历经艰险
不诚实　也会波谲云诡

清醒　透彻　有备　无憾
文学家也不乏风月老手
塑造的人物却忠贞　专一
活在别人的认识中
走出别人的生活里

智慧和勤奋是天赐的锦囊
能量场是一个无形的黑洞
足以抗衡那就厮杀拼却
如果负能量漫无边际地释放
退三米之外调马而走

如果有足够的能力消释负能量
弥陀容天　观音容海
收放自如　达观致远
诚实只面对坦诚相待的诚实

（2019－05－28）

你的美胜过心灵

你长得太漂亮了
望一下星星
星星就落到你的眼里

你有一颗来世的心
在永生里等我
你的心　化作清泉

我不敢大声语焉
怕惊了你念我的梦
你扫除尘埃
心中最阳光的是我

我只要你幸福
幸福是我给你的
你的美胜过心灵
最美的心　是你

（2019-06-02）

达观致远

李逵

端的个水浒封面
原来画的是李逵
梁山里他太多的笔墨
人是粗鲁
用的是处子的心

每个人都有一个好友
眼睛容不下半点杂质
唯容得下你
有道是宋公明呼保义
哪一点不喜李逵

抡两把大斧
一路杀将过来
不是剁成肉酱
就是身首异处
倘若是宋江泡了婊子
李逵也直骂他卑鄙小人

可叹宋江率一百零七员
梦寐招安料成正果
多少浪迹水泊的心
替天行道
不及李逵
一把把招安的诏书
扯得粉碎

（2019－06－03）

心中风范

看 100 本名著
就是看你
每本名著里
都有你的影子
流芳百世的作品
倾注了作者情怀
最美好的形象
世人认同
你拥有 100 本名著风范
100 个作者塑造了你

武能开阵接招
文能安邦天下
一支绣花枪
直取你帽上红缨
最美的爱
不会擦肩而过
博览群书
如同与爱厮杀
每一个作者
毕其功于一役
读了 100 本名著
如同获爱而赢

(2019 - 06 - 04)

同袍

一抹夕阳　照见你的美
战场分外的宁静
衔箭的英雄　拈弓而起
千里疆场　照还思乡
多情战将　自古饮恨终身

亭台楼阁　翻不过女墙
云梯架处　箭镞如雨
江南自是离别处
北疆奋战云兄弟
情深念切　兄弟伴月

临阵战敌　岿然不动
洒酒佳酿非龙凤
烹牛宰羊不足奇
英雄一生有胆无情
草莽落寇空怀愁

泯灭的相思
绝佳处念古思今
翻手为云覆手雨
腾云驾雾剑指天
日月同辉赴卿阵

（2019－06－05）

文学和哲学

文学包含哲学
文学的世界里
能真正读透人性
哲学是一个人思
文学是万人画卷

波澜壮阔的生死起伏
哲学家死过一次
文学家无数次起死回生
哲学家一个人静静地顿悟
文学家阅人无数
在笔下出神入化

哲学比文学更痛苦
文学是一种释放
哲学是一种教化
哲学家冥思苦想
殊不知　在文学著作里
都早已有了现成的答案

（2019－06－08）

义薄云天

捌一柱方天画戟
一路杀将过来
如若投入你的怀抱
山川为之哭泣

我是唯一负荆请罪的人
你杀了敌将
换回我的性命
我答应过你
在你的爱里永生

你垂泪为我
我为你勇闯江湖
皇帝赐你一杯毒酒
你知为我必揭竿而起
一封信唤到你的帐前
让我喝那半盏剩余的酒

多少英雄逐鹿中原
如果真情告白天下
中华义士的行为举止
冲也担当　情若两翼
蓼儿洼长眠的不是我俩
我为你冲杀过的疆场
只为你义薄云天

（2019－06－07）

荣耀

你说要我选择
我选择左边的那朵
因为　右边的那朵是我
我傍依着你
你说过　你爱我

天上的星星
你指给我看过
靠得你最近的　是我
我只爱你的眼睛
像星星一样

没有人比你　更爱我
你泪湿襟袍
从不虚伪
没有你　我就空虚
天天　以茶浇愁

今天　有人送了我栀子花
你是牡丹
我在茶里　唤得你的名字
满腔热血的文人
多爱你一份
是真正的荣耀

(2019 - 06 - 08)

沧桑巨变

山川矮小　因为你高大
挥之不去的影子
在与你相拥的那刻
月亮幻成了北斗
天造地设的一对

南方的河流
也会下雪
雪中　听不到脚步的声音
心的碰撞　冬天里的雷
世事沧桑　唯心不变

在河的对岸等你
我是降落的风　歌唱的花
飞离人间的神
藐视山川的太阳
有你　万物复苏　世界宁静

天不会倾斜
因为有你立着
祖国的疆域国泰民安
在伟大的时代
我们见证了伟大的人生

（2019－06－11）

你是粮食

每一粒粮食
在体内发酵成酒
我会在活着的时候
对你好　这才是真的
我死了　烟消云散
你再想我　我亦魂飞魄灭
在我化作青烟之前
我会入你的梦
向你告别
祝福你有一个远大的前程

自从爱上你　被你爱上
生命像远涉重洋的帆
每一次远航
都被等待　都有归宿
不再与天斗与地争
明眸善睐
是金子总会发光
即使被沙土掩埋
首先要成为金子

你让我的思想
放出华彩
无论在哪里饮酒
雄辩严词　华山论剑
酒流进血管
你是粮食
你是我生命的源泉
你让我成为
让青山醉倒的雄鹰

你让我化为
唯粮食为命的烈酒

（2019 - 06 - 13）

将军吟

爱　是可以平和的
平和地温柔　平和地相拥
平和地等待　平和地欣喜
平和地长驱直入
平和地杀入敌营
平和地拯救爱人

血脉偾张　生死与共
有多深的爱恋　就有多深的自信
有多深的付出　就有多深的回报
爱　是圆通　是通畅　是开悟
是春风飘拂的柳
是夏日池塘的莲
是秋阳染黄的稻
是九死一生　闻讯而动
永远的追随

爱的世界里　也有冬天
是漫长的等待　是杳无音讯
是三九寒天阵前的鼓
是不知道是否有去有回
是承诺　是无言的表白
是瓦罐不在井栏破
是将军不在敌阵亡
是欲说还休
是生也挂念　但求无死

(2019 - 06 - 15)

笃定相爱

在遇见你的下一个路口等你
佯装不认识你　佯装忘了给你带花
佯装突然发现你
认真给你每一天的惊喜
佯装是你爱我

爱上一个人　是幸福的季节
舍不得远行　却放飞自己
给你思念的空间
每垛墙都幻成了镜子
照见的都是我

不再记得歌词
每首歌都是为你量身定制
幸福是死去活来的遇见
笃定同行的坚贞
风雨无阻的相守

（2019－06－16）

沉默

世界过于惊心动魄
放慢脚步　疾速奔跑的时间
过于漫长　理解世界的每一个镜头
早晚有一天　我们会被世界回放
世界希望你讲话　也希望你沉默
你沉默的时候过于幽默
你讲话的时候摄人心魂

是我们遗弃了世界
因为这世界不是我们希望的世界
有人在疲于奔命　有人在力挽狂澜
有人在阴暗处把自己化作核
没有一个世界没有危险
灾难起伏载入史册是恶文人的趋势附炎

我们不是两棵树是两朵云
云会化作飓风把树折断
我们不相信命运本身就没有命运
你讲话的时候摄人心魂
你沉默的时候过于幽默
这世界需要我们
需要你发声和沉默的心智

不是我说得太多是说得对的人太少
千篇一律的明争暗斗
这世界在五年后也会沉默
这世界在五年内不会消停
看得透五年的你也会看透五千年
有人哑然一笑　有人跌出迷局

（2019－06－17）

峰巅

它有可能成为百部经典
所以我才阅读它
它有可能挤掉一部在列名著
这是我的预言

不懂的东西
并不代表它不存在
更不会代表
它不是真理

跟一眼让你望透的人在一起
索然寡味
每天折磨你心智的人
他不是不佩服你

握一下手　心领神会
你是打乒乓球的
我是跳水的
但都能登上峰巅

(2019-06-19)

大师

爱　或者恨
被注入一种强性快乐的兴奋剂
依然有愤怒　但不会爆发
笑着哭　或者哭着笑
钢铁被瓦解　但依然有筋骨
依然站立

不想成为水
成为山　太孤独
想成为人　懂山懂水
懂何时刚正不阿
何时柔情似水

不疾不慢　心中装得太满
活着的没有大师
大师都是病人
只会专一　只会执着
只会写诗　只会画画

飞向太空　不一定见到月中嫦娥
擦肩而过　虽不悔灵药
嫦娥也囿于一隅
她无法爱恨交加
因为被见过　也被错过

（2019－06－23）

舞蹈的母亲

一个下午的舞蹈
脚　挤进十三厘米跟高的鞋
在观众面前
也像在你眼里那样美吗

我热泪盈眶
你喊我宝宝
你帮我记得我飞跃过的世界
有像我腾过青山若等闲的宝宝吗

我喜欢你舞蹈
把我的青丝当作舞台
我用心为你鼓掌
跳进永恒的春天　永恒的坚强

我会给你买跟高十一厘米的舞鞋
常青藤缠绕的古树直耸云霄
亭亭玉立的母女
出生　即为舞者　谢幕　亦为蹁跹

（2019－06－24）

硝烟

青山　插入云霄的利剑
我们一起在下山的路上
风把你的脸吹成了桃花
高空的大雁飞回来了

爱上你　你垂首不语
我把敌雄的首级
挂在马铃铛的地方
那时候　我们南征北战

清醒时咆哮
我只爱你
你把泪滴到战袍
国破山河在

爱是硝烟散尽后
你给我挂上一枚勋章
爱是暮年时赞歌
功成身退　挽手当歌

青山记得我的私语
你站在我面前
我为祖国杀开一条血路
你笑得比青山妩媚

(2019－06－25)

听见

听见风　听见你
你　跳跃在我心间的音符
草　长成了你的模样
风中轻歌曼舞

海岸线漫长
你无处不在
我宁静成岩石
听见你化成浪花

风　推开麦穗
你的汗　滴入尘土
我听到丰收的喜悦
你曾经是一张铁犁

我听见你呼啸
风比你轻
你立于风头　四季有风
四季爱你

（2019－07－01）

极光

一道极光在头顶乍现
坦诚　爱惺惺相惜的人
终于流进大海
因为　你的胸怀宽若海洋

华美时光　璀璨星空
本以为　抵达你　遥不可及
赤胆忠心　回报多情的眸
思想　灵犀灿合的风云际会

为苦难悲伤哭泣
为战争和平家园
为拯救牺牲自我
为灵魂普爱人类

无须相聚在南极和北极
爱的制高点上
以高山的名义
向海　致以连绵起伏的敬意

（2019－07－03）

遗忘

遗忘在一首名叫风的歌里
一只鸽子被枪射中
小心地取出铅弹
如取出显微镜下的我
也是遍体鳞伤

风总在沉默的时候
被悠扬的歌声唤醒
未来是取之不尽的源泉
注定还会受伤　还会成功
还会在志得意满时再饮沧桑

月亮在风朗气清时闭上眼睛
淌在腮边的泪因遗忘再次悲伤
遗忘一个你爱的人
比恨一个不爱你的人更加艰难
痛苦胜过洁白的鸽子饮弹命殒

风的歌声呼啸在云里
人最寂寞的是爱的人不在身旁
为受伤的鸽子绑上了绷带
鸽子飞上蓝天时心融进夜晚的月光
行将就木时为什么默叨你的名字

（2019－07－16）

沉着

夏季的天空　被风吹走了
烈日倒灌进湖面
海洋沸腾了
纯净的四周　等待月亮的升起

人　不可以一生没有追求
天空是宏大的　经不起风的追逐
杠杆定律　寻找一个支点
人生像风　冲破天空

流浪是浪漫　解脱　更是幼稚
有时候　是一种无奈
远航有了目标
不惧巨浪的吞噬

风与天空共舞　船泊息在柱桩
动静之搏　沉思产生共鸣
交响的乐曲　汇聚了人类的智慧
漫漫长夜　梦是醒着的沉着

(2019-07-28)

温柔

我一定躺在右侧
因为左侧是我的心房
那就是你
草坪上落下的白鸽
衔着一枝玫瑰
清晨的露珠还没滑落
润了你的眼睛
你和我的心一起跳动

我的心永远不会离开你
明月下的小夜曲
你为我翻开了琴谱
十指弹奏的钢琴曲
叮咚的声音像泉水
比泉水更迷人的是
百灵鸟的歌声

走上征程的心
不会忘了海誓山盟
清晨的旭日
送走了黑夜的分别
有一种温度在血管里流淌
吻过你的乌发
你的温柔
燃烧我爱你的心

（2019－07－28）

声音

我恨的或是爱的　都会遗忘
因为时间不是让你离开我
就是让我离开你

我爱的或是恨的　都会记得
你从墙头的拐角处出现
不是赠我玫瑰就是掷我刀斧

永远是特别清晰又特别模糊的概念
你总是追不上我的脚步
因为我飞得太快

无论是烈日炎炎还是清风朗月
我不再让记忆复苏不再爱恨交加
我飞过草原的痕迹像雷轰电掣

雨过总会天晴
谁会飞进谁的心里　不用言说
你望一眼我　时光倒流

爱恨可以转换　更可以归于平静
心中涌起千层浪万重山的人
上帝要把他放在人间

（2019－08－14）

战友

你看　你的眼睛像弯弯的月亮
你看　你的身躯像清风中的杨柳
你还有一支会写的笔　是金色的
我的笔是玫瑰红的　设计城市的雕塑

我徜徉在城市的中心
执意添上一抹你的形象
你对这个城市的熟稔　和我并驾齐驱
我们都保护过它　又赞美它

枪林弹雨中出生入死
一本本书诉说逾越死亡的天机
子弹擦肩而过　换回金刚不坏之身
从此　柔情万丈　玉树临风

月亮是城市的名片　杨柳是城市的风景
谁问过我设计的雕塑最满意的一座
玫瑰红笔杆中汪洋倾泻而出的墨汁
雕出了一枚金色外衣的战士的心

(2019-08-20)

秋色浪漫

你曾经夹一枚红叶
在我的书里
在那一页的空白处
写着两个字　爱你
你怎么会触动到
我心脏跳动的脉搏
至今仍是个不可思议的
不解之谜

我触摸着你的眼神
想把你纤毫毕现
摄入我的心里
我抚摸着你的脸庞
让我看看
你是哺育我的智囊
你让我爱有着落
你让我有勇气远航

我把一砚台的墨
泼在了海里
纵身一跃
游出你喜欢的样子
海风吹出我最美的样子
我的身子是笔
画出了那枚叶子
我随波游到你的心里
你是秋　秋色浪漫

(2019 - 10 - 15)

同学少年

分离是检验友谊最好的利器
记得你在操场上痛哭
然后我们背起行囊
各自天涯

林荫道上放飞心情的青春
无数的欢颜伴随偶尔的争执
我逗你笑也等着你来求我
求我陪你玩别冷落了你

回到老家 满柜子还放着你给的纪念品
我只不过给你一块握在手心里的雨花石
每次见面 你都轻轻拉开抽屉
示意石头还在 而你已换了几个城市

各自为对方扶正书包
把所有的文具书本冷落在台灯下
那时候我们的交谈没有主题
但神让我们在一起通宵达旦

理想是离开你以后才有的事
每一次失落流落街头想的是你
你还像小时候一样对我处处帮助
只要我们俩头靠在一起就没有风雨

为了你我珍惜在同一个城市的友人
我们可以抱着膝盖躲进被窝
两小无猜的样子保证我一生纯洁
我不去看你 我看我每一个尊重的人都像你

(2019 - 10 - 26)

忆童年

在吴侬软语里听着越剧
母亲在她闺蜜的唱腔里如痴如醉
少幼时我家高朋满座
各路戏种的台柱子云集我家
父亲酒酣时会高歌一曲红高粱

我家从来喜欢情深义重的艺术家
有人研墨有人铺纸有人在折扇上挥毫
除夕我张贴红对联
总有乐滋滋和浆糊帮忙的伯伯
他画的虾栩栩如生师承齐白石

仿若眼前的音容笑貌有的已走远
我怀念父亲整整廿年才走出悲伤
突然觉得年轻是因为和朋友们相处得很好
爱想爱的人见想见的人做想做的事
趁阳光正好温风不燥年华芳菲

不去想将来 将来是可预料的今天
我即使老得掉了牙也会装上义齿
头发如被岁月风干我就选好极美的假发
母亲的闺蜜演花旦至今美得不可一世
你应该相信我是你心里最美的一位

（2019－11－12）